mensagem para você

organização:
lura editorial

Copyright © 2023 por Lura Editorial.
Todos os direitos reservados.

Gerente Editorial
Roger Conovalov

Preparação
Giovanna dos Anjos

Diagramação
André Barbosa

Capa
Lura Editorial

Revisão
Mitiyo S. Murayama
Alessandro de Paula

DADOS INTERNACIONAIS DE CATALOGAÇÃO NA PUBLICAÇÃO (CIP)
(Câmara Brasileira do Livro, SP, Brasil)

M548

    Mensagem para você / Lura Editorial (Organização) – São Caetano do Sul-SP: Lura Editorial, 2023.

    Vários autores

    224 p.; 14 X 21 cm

    ISBN 978-65-5478-019-3

1. Cartas. 2. Antologia. 3. Literatura brasileira. I. Lura Editorial (Organização). II. Título.

CDD: 869.93

Índice para catálogo sistemático
I. Ficção : Literatura brasileira : Antologia

Janaina Ramos – Bibliotecária – CRB-8/9166

[2023]
Lura Editorial
Rua Manoel Coelho, 500, sala 710, Centro
09510-111 - São Paulo - SP - Brasil
www.luraeditorial.com.br

mensagem para você

organização:
lura editorial

lura

São Caetano do Sul, 8 de fevereiro de 2023

Apresentação

As cartas, nobre arte quase abandonada, ganham espaço literário em *Mensagem para Você*.

A Lura, ao retomar a tradição da conversa à distância, busca dar aos escritores a oportunidade de conservar suas lembranças em memórias materializadas.

Essas cartas se transformam em um arquivo pessoal, onde muito se tem guardado de grandes escritores, amigos e amantes.

Mesmo com sua natureza seletiva da memória, as cartas têm uma ligação estreita com as lembranças. É da intimidade que nascem relatos, confissões e vínculos que são tão preciosos.

Da intimidade nascem relatos, nascem confissões, nascem vínculos.

Da pessoalidade e da necessidade de comunicar, nasceram as cartas, as missivas, as correspondências, as epístolas, os bilhetes.

E reduzimos nossas conversas doloridas, prazerosas, românticas, a rápidas de mensagens por aplicativos.

Mensagem para Você presta homenagem a esses relatos pessoais que tanta importância tiveram ao longo da história.

Vamos resgatar essa nobre arte e dar espaço para que as cartas continuem a emocionar e inspirar as gerações futuras.

Boa leitura!
Lura

Sumário

Minha Véia 14
Ágata Cruz

Uma carta para o meu 'eu do futuro' 16
Alessandra Pimentel

Querida Ágata 18
Alessandro Mathera

Em algum lugar no céu de Fortaleza 20
Alexandre Custódio de Souza

Querido pai 22
Amauri Munguba

Queridas crianças 24
Ana Beatriz Carvalho

Querido meu eu do ontem 26
Ana Cordeiro

Querida Anna 28
Anna Liz

Querida Laura Pausini 30
Augusta Maria Reiko

Querida irmã Rose 32
Bernardete Lurdes Krindges

Carta-testamento 34
Carla Gomes

Querida Irmã 36
Carlos Bogéa

Carta para seguir criando 38
Carlos Cantoni

Irmãs 40
Cecilia Moreira

Querido futuro 42
Cecilia Torres

Para meu primeiro menino 44
Cecília Vieira

Minha saudosa e amada Mãezinha 46
Celêne Ivo Junqueira Bacelar

Amada Louise 48
Celso Custódio

Ridícula carta de amor 50
Cláudio Almico

Querida Carol 52
Cleobery Braga

Querida e velha amiga 54
Clície Maria Covizzi Alvarez

Galega amiga 56
D'Lourdes

Querida Nanica, minha criança 58
Daniela Rose

Amada filha Maria de Lourdes 60
Daniella Cury

Querida Coração 62
Danilo Fontenelle Sampaio

Meus anjos 64
Débora Torres

Olá, queridos pais José e Nair 66
Éllen Louíse

Querida mamãe 68
Eva Salustiano

Prezado e hesitante, eu 70
F. F

Bom dia, César 72
Fran Briggs

Carta de Maria 74
Gabi Vasconcelos

Querido Pedro 76
Geisa Santos

Aos homens que roubam o olhar 78
Gema Galgani

Amada Gladys 80
Gladys Salvador W.

Queridas tias Jucileia, Jucilene e Maria 84
Henning Winter

Para minha mãe moderna, Ághata 86
Hilda Chiquetti Baumann

Pai 88
Ingridi Silva

Antônio 90
Ivan Reis

Ao meu pai, com amor 92
J. P. Neu

Querido Miguel 94
Jackeline Castro

Amado iludido 96
João Júlio da Silva

Ao meu (in)finito grupo de amigas 98
Joilma Santos

Querida Liz 100
Ju Pellicer

Querida vovó Esmerina 102
Kátia Veloso

Querida Mari 104
Kauê Barbosa

Queridos poetas 106
Kermerson Dias

Meu amor de ontem 108
Kleber da Silva Vieira

Querido corpo 110
Lafrança

Meu amor 112
Lenir Santos Schettert

Alma companheira 114
Lourdes Spaciari

Querido V. 116
Lu Candido

Minha doce Maria Rosa 118
Lu Dias Carvalho

Querida Vera 120
Lúcia Boonstra

Querida Lucinha 122
Lucinha Amaral

Querida Mãezinha 124
Manoel Carvalho Ramos

Estimado amigo 126
Márcia Alamino

Leléo, meu querido!!! 128
Márcia Bicalho

Prezado professor 130
Marco Antônio Palermo Moretto

Amor sem data 132
Maria

Inesquecível Manuel 136
Maria de Fátima Fontenele Lopes

Jean Benício 138
Maria de Fátima Fontenele Lopes

Maria 140
Maria Fulgência

Um amor para a vida inteira 142
Mariana Bagatini

Minha amada Ornilda, meu Ad aeternum bem-querer! 144
Mário Antônio

Meu neto Gael, que, como o sol, aquece os meus dias e o meu coração. 148
Marisa Prates

Eu do passado 150
Marlene Godoy

Querida Val 152
Marli Beraldi

Amora 154
Mayara Shiguemi Nanini Horiy

Querido abrigo 156
Mi Rezende

Querida Bela 158
Mila Bedin Polli

Uma carta para o meu medo 160
Mirelle Cristina da Silva

Amado Moacir 162
Moacir Angelino

Olá, Dois Gatos 164
Mônica Peres

Aos meus bisnetos: Hugo, Alice, Luna e Cauê 166
Myrtô Mello

Amapola 168
Nádia Terruggi

Minha pequena Amora 170
Nádia Terruggi

Uma carta para ti 172
Nella Ferreira da Conceição

Perdão! 174
Neusa Amaral

A José e Tercília (paciência e persistência) 176
Nilton Bruno Tomelin

Kerginaldo, meu lindo! 178
Noriete Celi da Silva

Minha doce Alicia 180
Patrícia Maria

Querido autor(a) nacional 182
P. Pagliarin

Querida Ana 186
Patricia S. Lima

Oi, pingusim 188
Patrick Tavares

Amado amor! 190
Poetisa da Caatinga

Carta a quem devo muito 192
Regina Campos

De Eli para Eli 194
Ricardo Lima

Queridas filhas Scarlett, Emma, Mia e Olivia 196
Rita Lopes

Vó 198
Roberta Ferreira

Querido amiguinho e amiguinha 200
Rossidê Rodrigues Machado

Minha criança 202
Simone Aparecida Ribeiro da Mota Almeida

Ao amigo escritor Paulo Dantas 204
Sônia Carolina

Para um homem de palavra, palavras 206
Sônia Santé

Os meus sinos dobram por você 208
Sônia Santé

Querido Sinthoma 210
Tamyris Torres

Meu velhinho 212
Tereza Cristina

Meus amados filhos e netas 214
Terezinha Lorenzon

À Irmã que não conheci 216
Veridiana Avelino

Um amor impossível 218
Wendel Silva

Bilhete secreto para um menino/homem ferido 220
Zanir

Saudade, 7 de agosto de 2022

Minha Véia,
Ágata Cruz

    Tudo bem? Como você está?
    Deu uma saudade e decidi escrever, queria notícias suas. Na verdade, queria te atualizar de algumas coisas que você não tá sabendo. Os meninos, Catarina e Levy, estão enormes e aprontando todas, né?! Queria muito que você estivesse aqui, Vó. Queria ver se ia aguentar o pique deles… Haha! Recentemente, minha mãe comprou uma caneca para cada um. A sua cara fazer isso, me lembrei logo de você e das canecas que eu tinha na sua casa.
    Ah! Estou publicando meu segundo livro. Estou naquele mix de alegria e nervoso. Sabe como é início de carreira… O primeiro livro chegou aí? Você sempre me incentivou a leitura, a gente até fazia "palavra-cruzada" juntas. Sempre que eu lembro, nasce aquele sorriso de canto no meu coração. Eu era mais rápida que você, mas às vezes fazia mais devagar só pra passar mais tempo com você, Vó. Nem sei por que você não tá aqui.

Tô querendo fazer uma pós, Vó, mas nem na minha graduação você foi. Achei injusto, mas tudo bem, vou te dedicar minha pós, meu mestrado, doutorado, livros publicados...

Eu queria escrever esta carta pra você, Vó, mas já faz dez anos que você se foi, e a gente ficou... com saudade de você.

Eu senti sua falta no Natal, na Semana Santa, nos aniversários. Eu até gostava do Natal e Ano-Novo, mas depois que você foi embora ninguém se reuniu mais, Vó! Aí eu vi que você era o amor que unia a gente. Obrigada por isso! Eu entendi a lição e espero fazer diferente.

Você não vai ler esta carta, mas alguém já está lendo e a única coisa que eu espero dessa pessoa é que ela tenha uma Vó tão incrível quanto você. Se quem estiver lendo ainda tiver uma Vó, que ele (ou ela) aproveite muito, porque os avós nunca deveriam morrer.

Com carinho,

Kim

Rio de Janeiro, 15 de agosto de 2022

Uma carta para o meu "eu do futuro"
Alessandra Pimentel

Prezada Alessandra,

    Parabéns! Você conseguiu... Seja bem-vinda ao "topo da montanha"! Chegar aqui não foi fácil, eu sei, mas certamente hoje é uma mulher realizada e consciente de tudo que se esforçou para fazer. Não foi em vão. É um pouco estranho escrever para o meu eu no futuro, mas tenho certeza de que esta carta vai ser lida de forma especial e estarei muito feliz fazendo o que sempre desejei, que é viajar pelo mundo.

    Ao longo do caminho, foi preciso superar alguns obstáculos, trabalhar e ter duas profissões, sendo que uma delas era seu maior desafio e dependia de muita garra, força de vontade e autocontrole para que a parte financeira fosse coberta. Tinha muitos desafios e superar as possibilidades estava longe do seu alcance, mas dependia unicamente de "você". Estudar, cuidar da família, ter duas profissões, não era fácil. Mas valeu a pena superá-los, né? À medida que expandia seus conhecimentos, você se aprimorava mais e expandia um futuro repleto de oportunidades.

Ler esta carta após alguns anos é uma esperança de que todas as experiências vividas sejam lembranças de uma vida cheia de boas recordações. Mais maturidade é importante, sim, mas não deixe que isso mude a menina que hoje lhes escreve.

A vida sempre nos guiou para realizar os nossos sonhos e, hoje, espero que todos ou sua maior parte tenham sido realizados, e que continue sonhando, pois sempre tive a sensação de que quem sonha vive mais feliz ou em busca de um propósito. Seja mais sempre! Sendo bem sincera, você parece não fazer parte deste plano. Vive imaginando coisas e situações. Como sempre diziam: você parece que vive no "País das Maravilhas". Mas essa sempre foi sua vontade e tomara que isso não tenha mudado.

Uma vez me perguntaram como gostaria de ser lembrada no futuro, e eram tantas as respostas, mas hoje creio que me lembrem como alguém que fez a diferença na vida das pessoas genuinamente.

Propositalmente, esta carta está sendo aberta e lida numa tarde de inverno numa viagem a Paris, sentada em frente à Torre Eiffel, tomando um chocolate quente, respirando este ar que só esta cidade nos proporciona, usufruindo de tudo que conquistei merecidamente e da forma que sempre imaginei estar passando. Só tenho a agradecer! Obrigada pela vida que tive e pelo que está por vir.

Alessandra Pimentel

Rio de Janeiro, 31 de dezembro de 1985

Alessandro Mathera

Quero crer que neste momento você já terá lido a carta que será enviada junto com o Oráculo (e que ainda irei escrever), porém eu preciso lhe contar em separado um resumo de todas as vezes que o futuro foi ameaçado — o seu futuro, inclusive.

Um dos nossos muitos inimigos vem provocando a ascensão antecipada de inteligências artificiais e também enviando emissários para antecipar a destruição do planeta.

Em três delas, foi necessária a vinda de uma versão alternativa à sua para me ajudar a evitar tais catástrofes. E em todas elas havia um fator comum: sempre usava um evento grandioso o suficiente para que as atenções estivessem presas neles. Assim foi com as posses de Thatcher, Reagan e Gorbachev.

Nestas três ocasiões, você veio de possíveis futuros terríveis, mas nós conseguimos evitar. Tudo o que lhe peço é: fique sempre atenta quando ocorrerem eventos importantes ou mesmo acidentes e crimes que prendam a atenção dos governos e da imprensa. Nesses momentos, o planeta fica vulnerável e é quando precisamos intervir.

Por fim, desejo toda a felicidade que não tive em vida e muito sucesso nos seus futuros combates. Ouça sempre o Oráculo, o Campeão e os Peridéxions. As experiências deles são muito valiosas e ajudarão em sua missão de Guardiã.

Beijos de quem pouco conviveu contigo mas sempre te amou,

Sua avó

Alice.

Fortaleza, 4 de setembro de 2022

Em algum lugar no céu de Fortaleza...

Alexandre Custódio de Souza

Olá, caro Alexandre, tudo bem? Bem, acho que não muito, não é verdade?!

Desculpe a ironia, sei bem como está se sentindo aí, numa madrugada fria de agosto de 2014, amarrado a uma cadeira de hemodiálise, com agulhas enormes no braço e se sentindo o último dos homens. Você está triste, pensando que sua vida acabou. Entretanto, não é seu fim. Afinal, como você mesmo diz: Oh, vida boa! Sou um cara de muita sorte!!!

E como! Você nem imagina a sorte que tem! A sorte jamais o abandona e mais adiante você vai entender o que tento lhe dizer.

Por outro lado, sei também de sua garra e fé. Não é qualquer coisa que deixa você abalado, pois você tem a tenacidade de um guerreiro. Nada o derruba e, ainda quanto mais difícil, mais você luta.

Você deve estar se perguntando como esse cara sabe disto? Será que morri e não sei?!

Bem, quase isso. Você na verdade nasceu de novo... É um novo Alexandre que lhe escreve do céu, mais precisamente sete anos no seu futuro, de um avião entre Fortaleza e São Paulo!

Engraçado dizer "estamos", não é verdade? Todavia, é isso, você ou eu, ou nós, estaremos viajando bastante, daqui há alguns anos. Esclareço ainda que nossas filhas Giovana e Lívia também estarão conosco, se posso dizer assim. Agora mesmo neste momento eu as vejo nas poltronas ao lado. Estamos muito felizes e você não sabe o quanto, mas tenha fé de que o tempo, a sorte e sua fé trarão você até aqui.

A hemodiálise é um tratamento provisório e necessário. Talvez você pense que estará eternamente ligado a essa máquina que parece sugar seu sangue mas, pelo contrário, ela lhe traz vida e a possibilidade de aguardar por transplante...

Imagine a dificuldade se fosse uma doença grave do fígado. Sua luta teria que ter uma dose bem maior de luz, sorte e fé.

Não estou falando isso somente para consolar, mas para estimulá-lo a continuar lutando, orando, pois cá estou. Sou o resultado de sua luta. Você vencerá.

Hoje você está transplantado e radiante.

Abraço!

Alexandre

Salvador, 1º de agosto de 2022

Querido pai,
Amauri Munguba

Faz tempo que você se foi e há muito queria contar uma experiência que jamais esqueci e ainda hoje aquece meu coração.

Foi nos anos sessenta, era o mês de janeiro e eu tinha 14 anos. Ansiava deixar a capital para voltar a nossa pequena cidade de origem, que recentemente havíamos deixado. Queria muito rever os amigos, estar com os avós e me sentir parte daquele lugar outra vez, mas nunca havia viajado sozinho.

Faltava um adulto para me acompanhar no percurso de dois dias, pela estrada que ora soltava poeira ora se desmanchava em lama ora podia ser interrompida num atoleiro. Eu temia perder a oportunidade.

Para minha surpresa, você trouxe a solução ao destacar uma folha do bloco de anotações e escrever um bilhete: curto, simples e direto. Primeiro, me apresentava como seu filho; depois, garantia que eu estava autorizado a viajar só, fazer refeições e dormir na pensão onde o ônibus costumava parar. Finalmente, esclarecia que minhas despesas seriam pagas em sua próxima viagem.

Você não imagina com que alegria e sensação de poder eu me aproximava do balcão dos restaurantes a cada parada; estendia a mão, apresentava o bilhete e nada mais precisava dizer para desfrutar o que precisava.

Foi com esse bilhete guardado na algibeira que fiz meu primeiro treino da vida adulta. As fantasias que povoavam minha mente juvenil durante a viagem eram prontamente acalmadas quando passava a mão sobre o bolso da camisa.

Você era de poucas palavras. Aquele seu gesto disse-me tanto que ainda hoje traduz mensagens que as palavras não falam.

Um simples pedaço de papel me deu segurança naquela aventura, como se fosse do bolso para dentro do peito, emprestando-me coragem para realizar, mais tarde, outras viagens pelas estradas da vida.

Um saudoso abraço do seu filho

Amauri

Brasília, 23 de agosto de 2022

Queridas crianças,
Ana Beatriz Carvalho

Desejo encontrá-las felizes, cultivando a imaginação e a criatividade que fazem de vocês seres únicos e inspiradores, lembrando-nos que temos uma criança pulsante na alma.

Venho de Brasília, lugar bonito do Brasil, para lhes fazer um convite especial. Peço que abram o coração para receberem esta opção.

Vamos andar de mãos dadas com a leitura e a escrita?

A leitura é uma companheira incrível, capaz de renovar o fôlego e o ânimo, e a escrita é a bendita parceira de nosso sonho e de nossa criação.

Podemos também brincar de roda com essas amigas, passear nos caminhos das letras, visitar textos, realizar piqueniques com as palavras, conhecer personagens da literatura e ainda nos divertir com a sensação de que o mundo está dentro de nós.

Vamos participar dessa aventura fantástica?

Vocês podem optar: ser poeta, cronista, contista. Ser escritor!

Ou ainda decidirem por ser um invencível leitor!

Ao escolherem, podem contar com a ajuda dos pais, dos professores, das livrarias, das editoras e dos autores. Muito bom pedir auxílio e melhor ainda receber apoio.

E que tal escrever cartas? Seus sentimentos e pensamentos vão circular por vários cantos, levando emoção e satisfação, trazendo para perto quem está longe.

Todos nós temos dons e essas parceiras — leitura e escrita — despertam o melhor em nós.

O segredo dessa amizade é a dedicação e a conexão de verdade. Precisamos estar inteiros e com atenção plena na arte de ler e escrever.

Querem entusiasmo e transformação? Leiam e escrevam com devoção! Nessa brincadeira prazerosa de ler e escrever, nunca estarão sós!

Haverá palcos dinâmicos onde vocês poderão ser protagonistas e entender o ritmo e as verdades da vida.

Que sensação agradável colherão ao experimentarem a convivência com estimados colaboradores da existência: os livros.

Permitam-me agradecer por contemplar em vocês, crianças queridas, manancial de amor para inundar a literatura com alegria e esplendor.

Sinceramente,

Ana Beatriz

Ceará-Mirim (RN), 24 de agosto de 2022
quarta-feira, 23h53

Querido meu eu do ontem
Ana Cordeiro

Hoje sinto falta daquele tempo de risos fáceis (sim, os risos eram mais fáceis e soltos do que os de hoje), sem preocupação em agradar alguém ou até mesmo você. Sinto certo vazio no coração e por vezes me pergunto se existe a total felicidade. E o que é a felicidade senão os bons e belos momentos que a vida nos oferece?

Sabe, grande parte dos sonhos que acalentei na minha juventude eu realizei. No entanto, ainda busco a tão sonhada felicidade, aquele sentimento que esteja em sintonia com esse meu lado sonhador; talvez por isso esteja sempre nessa incessante busca, mesmo sabendo que nada é totalmente completo, acabado. Às vezes, fico a me questionar porque não dei ouvidos quando você me alertava para ir devagar, analisar, pensar para depois decidir. Eu, na ânsia de me libertar de você, nunca lhe dei o crédito necessário, achando que estava dando espaço demais. Ledo engano!

Você sempre teve razão em se demorar nas suas escolhas, porque sempre achou que voltar atrás nem sempre seria o melhor. Tudo isso me tornou uma pessoa sensata, comedida, e muitos até falam que virei psicóloga, mesmo sem uma graduação nessa área (rsrsrs). Também aprendi com você a sorrir quando tudo me indicava mágoas, tristezas e rancores.

Sempre troquei isso por sorrisos cada vez que me reportava a você. Acredite, com esse sorriso que é sua grande marca, estou conseguindo vencer tantos obstáculos, você nem imagina quantos! Ainda tenho muito a aprender e conquistar, eu sei, e pode ter certeza, vou correr em busca de tudo o que me for ofertado. Só queria dizer que, apesar dos obstáculos que por vezes tenho que superar, eu estou bem, graças a você que tão bem me fez. Então olho lá atrás e digo: obrigada por me indicar a direção a ser seguida para estar aqui hoje. Eu te admiro imensamente pela pessoa em que você me transformou.

Beijos, com saudades,

Ana Cordeiro

Santa Luzia, 24 de agosto de 2022

Querida Anna,
Anna Liz

Olho para você através de uma lembrança embaçada e vejo seus olhos que não foram preparados para a tristeza, o choro, a ferida, o amor partido, o desejo frustrado.

Você acreditava ser feia! Feia, triste, egoísta.

Não sabia pedir perdão nem dizer "eu te amo".

Você não vivia. Era apenas uma mulher oprimida. Nunca realizava a própria vontade. Vivia tão presa à conformidade que se espantava ao ouvir falar que poderia fazer escolhas, como quem ouve um grito de horror na madrugada.

Vivia sufocada, sem conseguir emergir. Você permitiu que sua vida fosse um acidente de percurso. Não entendia que poderia superar a si mesma, superar a família, a cultura, as normas...

Oh, mulher! Não se pode passar a vida toda persistindo em enganos! Não sinta pena de si mesma, não há mais tempo para a autopiedade. Sua alma tem sede.

Contemple-se! Você é outra mulher, aquela que deveria ter sido em toda a sua vida e que nunca havia se permitido. Depois de tantos anos, você sorriu e se sentiu inteira.

Você fugiu sem trégua, sedenta, faminta! Você surgiu como quem sai do fosso, deixando para trás toda a sua apatia. Agora, você olha à sua volta com olhar abundante e ambiciona novas experiências. Do seu rosto saltam luzes em forma de lágrimas aliviadas.

Nas ruas, as pessoas olham para você com admiração e abrem-lhe passagem com reverência e você renasce, a cada instante, como uma deusa.

Com muito amor,

Anna de hoje

Porto Alegre, 16 de maio de 2022

Querida Laura Pausini,
Augusta Maria Reiko

    Como está? Eu estou bem, graças a Deus e a você, que sempre esteve ao meu lado ao longo da vida nos bons e maus momentos. Certa vez, você quis saber o que guardamos na memória, já que você revelou as suas lembranças com a canção "Scatola".

    Eu guardo você na memória e no coração, pois cresci ouvindo sua voz que toca a alma e é capaz de amolecer até mesmo as rochas.

    Morei na cidade de Detmold, na Alemanha, durante um ano como *au-pair*, babá numa família de professores de música. Eu estudava a língua alemã à noite e pude conhecer a Itália nas férias. Meu sonho era conhecer a Itália, já que sou descendente de italianos por parte de mãe (Boniatti, de Trento) e descendente de japoneses por parte de pai (Arakawa de Toyama). Encontrei você numa loja, pois lá estava o seu CD *Le cose che vivi*, em 1996, que ainda não havia sido lançado no Brasil, e te levei pra casa.

    De volta ao Brasil, sofri um acidente de carro e tive várias fraturas. Só não quebrei o coração porque ele estava ligado à sua luz e alegria. Fiquei um mês no hospital e seis meses na cama em casa sem poder mudar de posição, sempre de barriga para cima. Eu me senti a Frida Kahlo após o acidente de bonde em que ficou doente e presa numa cama, e lembrei que a arte a salvou da dor na alma, pois ela pintou belos quadros. Sou formada em Letras na faculdade e adoro poesia, e sempre gostei de ouvir música que é pura poesia, então, escrevi poemas deitada na cama e escutava sua voz calmante no CD que havia comprado em Roma, perto do Coliseu, onde você cantou na pandemia em 2020 para alegrar os aflitos.

Agradeço a você que me ajudou a curar o coração com sua música e alegria, fazendo parte das coisas que eu vivi e ainda viverei sempre ao seu lado, tão longe e ao mesmo tempo tão perto de mim.

Te amo sem nunca ter te encontrado pessoalmente! Esta carta é meu presente de aniversário a você.

Um abraço da sua fã, amiga e irmã...

Augusta!

Ponta Grossa, 30 de agosto de 2022

Querida irmã Rose

Bernardete Lurdes Krindges

Como você está, minha querida irmã? Sinto saudades de nossas conversas, sentadas à mesa tomando um café. A vida nos levou para longe uma da outra. Mas hoje lhe escrevo para um breve desabafo da minha vida. Ele saiu sem olhar para trás, sequer se reportou a mim, me deixou em qualquer de repente, suspensa no ar. Eu me pergunto às vezes, olhando ao além, se não fosse você depois de tantos anos juntos a permanecer em minha vida até o fim?

Rose! Tantas vezes ele falou que me amava, mas sem explicações foi em busca de outro caminho, me deixando em pedaços para sozinha reconstruir meu eu e seguir em frente. Eu lhe digo, o universo falou a meu favor. Inundei um rio de lágrimas mas compreendi que o amor verdadeiro brota na alma, enraíza nas profundezas e transcende o físico. Tempestades vão e vêm e não o abalam.

Entendi, irmã, que as razões que o levaram a outros caminhos foram um amor volúvel igual às nuvens que se desmancham no céu. Rose, eu me resignei e sozinha sigo meu caminho buscando a felicidade dentro de mim, não depender dele para ser feliz. Todo dia busco um novo entusiasmo para viver e assim vou vivendo. Tenho plantado flores no jardim para deixar a vida mais perfumada pelo aroma que exalam e também comecei a escrever poesias. Não sou escritora, mas às vezes me vem uma vontade de escrever e saem umas poesias. Em outra carta escreverei uma das poesias que estão rascunhadas no meu caderno de poesias. Eu me despeço contando sempre com seu apoio e carinho. Saudades! Até breve.

Beijos de sua irmã

Bernardete

Rio de Janeiro, 23 de agosto de 2022

Carta-testamento

Carla Gomes

    Queridos parentes,

    Escrevo esta carta para dizer adeus. Foram bons os momentos que vivemos. Chegou a hora de eu partir e nunca mais voltar. Obrigada por tudo que vivemos. Sei que vamos sentir saudade. Mas...

    Deixo o testamento.

Fiquem com Deus

Carla Gomes

São Luís, 27 de agosto de 2022

Querida irmã

Carlos Bogéa

    Espero que esteja desfrutando dias mais amenos. A viagem foi tranquila e marcada por boas lembranças. O trabalho e o novo livro estão indo bem. Já me acomodei em uma casa. É alugada, como falei, pelo menos poderei respirar aliviado por enquanto, graças a Deus. Agora há pouco ouvi "Gostava tanto de você", do Tim. Recordei do Vinny ainda criança cantarolando essa música enquanto voltávamos da escola. Como ele está? Saudade também de nossas risadas ao sabor do café da mamãe e até das reclamações do papai, das conversas com o Wellington, das imitações do Breno, das brincadeiras da Letícia e do tempero da Dulce. Acho que a melancolia inspirou-me a escrever hoje, ela sempre ajuda. Enquanto revirava a gaveta procurando papel, encontrei aquela foto que você ama. Márcio ainda um menino, eu aos 13 e a mamãe tão serena. Tínhamos a Vó Maria conosco. Se soubesse o que viria pela frente, teria insistido para tirar mais fotos, abraçado mais, discutido menos.

    Também achei aquele meu caderno com a homenagem ao tio Pedro e à Ray. Lembrei-me de você com os olhos marejados pedindo-me um poema. Escrevi uns rabiscos, mas quero mostrar pessoalmente quando finalizar, pode ser? Por hora, basta saber que ele estará repleto de gratidão e amor por tudo o que você é e representa. Certa vez, você perguntou-me por que eu ainda escrevia cartas. Pois é. Para mim, creio funcionar melhor do que uma mensagem genérica, quiçá uma ligação apressada. Sempre fui avesso a este tipo de coisa tecnológica, não é? Vai ver é por isso que me chamam de antiquado. Uma carta é o tipo da coisa que fazemos apenas para pessoas especiais, assim como você. Diga a todos, por favor, que não precisam ficar com ciúmes, logo falarei com cada um. Dê um beijo demorado na mamãe e outro no papai por mim, lembranças ao Manoel. Levo todos em pensamento e em breve estaremos juntos novamente.

Um forte abraço do seu irmão,

Carlos

São Paulo, 24 de abril de 1967

Carta para seguir criando
Carlos Cantoni

Prezado Carlos, sei que você acabou de nascer: está aí se aconchegando, pois, afinal, são quase duas da manhã. Sua mãe, D. Helena, te olha; seu pai, "seo" José, está orgulhoso. Mas, de repente, suspeita de pólio: "Ah, esse menino não vai se criar", e se criou. Mais à frente, você vai brincar, sorrir, andar. Mas, de repente, bronquite: "Ah, esse menino não vai se criar", e se criou. Mais à frente, você vai gostar muito de ler, das revistinhas em quadrinhos aos livros. Mas, de repente, miopia: "Ah, esse menino não vai se criar", e se criou. Mais à frente, você estará na escola, vai ser um aluno inteligente, esforçado, até os 17 anos. Mas, de repente, neurofibromatose: "Ah, esse menino não vai se criar", e se criou. Mais à frente, você vai se apaixonar e querer ter uma namorada. Mas, de repente, timidez: "Ah, esse menino não vai se criar", e se criou. Mais à frente, você encontrará uma moça, a quem você dará o nome de VIDA. Mas, de repente, ela vai para longe: "Ah, esse menino não vai se criar", e se criou. Mais à frente, você usará a escrita para compor lindos poemas de AMOR para ela. Mas, de repente, ela pode não ler: "Ah, esse menino não vai se criar", e se criou. Mais à frente, você buscará todas as vias para realizar o SONHO de publicá-los num livro. Mas, de repente, o medo: "Ah, esse menino não vai se criar", e se criou. Mais à frente, você, com toda a sua FÉ, registrará para si que existem essas quatro palavras em tua trajetória. Mas, de repente, o tempo: "Ah, esse menino não vai se criar", e se criou. Mais à frente, você desejará plenamente seguir semeando palavras, trazendo a beleza de sua História, de suas alegrias, tristezas, pontos fortes e fracos, saudades e reencontros, perseverança e seara, festas e decepções, frustrações e desejos, momentos, como você mesmo dirá, porque, de repente, o menino que não iria se criar continua se criando.

Ass.: Carlos (eu),

em qualquer lugar do futuro, criando!

Cabana, 1º de setembro de 2040

Irmãs
Cecilia Moreira

Vocês voaram já faz muito tempo. E, como vocês sabem, por não poder me despedir como queria, fiquei vazia, como se tivesse perdido parte de mim, pois é isso que acontece quando irmãs se vão.

Porém, vocês me ouviram e voltaram. Voltaram para que eu pudesse me despedir e num tempo sem tempo nos encontramos novamente. Traçamos mais uma vez o círculo sagrado e com a areia sob os nossos pés trazendo o aterramento para que pudéssemos estar juntas, o ar sussurrando o sentimento de comunhão e o fogo trazendo a energia necessária para que mesmo entre mundos pudéssemos traçar o círculo. O momento foi tão perfeito, tão abençoado, manas, que mesmo na hora que vocês tiveram que partir eu não me senti mais só. Havíamos vibrado como deusas e como tal nos tornamos uma.

Relembro esse encontro mesmo depois de tantos anos porque ele ainda vibra dentro de mim como se nosso círculo tivesse sido traçado ontem. Continuei a percorrer o caminho sagrado e cada vez mais ele foi me levando para longe das grandes cidades e para perto da natureza. Acabei encontrando uma cabana perto da mata, de uma cachoeira e de uma pequena cidade. Aqui fui feliz, sou feliz! Às vezes, volto para comungar com o mar pois filha dele sou, mas por não ser mais tão jovem e, como sabemos, "todos os rios deságuam no mar". Tenho ficado mais em casa trabalhando e estudando as plantas. Fazendo incensos, tinturas e banhos, ajudando todos que na minha porta batem. Chamam-me de benzedeira, título que carrego com muito carinho, já que todos os caminhos nos levam ao sagrado.

No momento em que escrevo esta carta, vou fazendo minha mala. Volto para a ilha Esmeralda, onde vocês sabem me senti tão próxima de mim e das minhas ancestrais. Aluguei uma casinha e de carro pretendo revisitar todos os lugares pelos quais me apaixonei. Ficarei um tempo, mas quando eu sentir que chegou a hora é para os penhascos que vou.

Manas, como é essa nova jornada? Vocês ainda fazem uso das palavras ou elas já não são necessárias? O saber vem como uma brisa mansa? Vocês descansam nos jardins sagrados? As estrelas indicam o caminho a ser percorrido? Manas, vocês ainda dançam? Manas, quando for minha hora vocês virão me buscar?

Cecília Moreira

São Paulo, 1º de janeiro de 2023

Querido futuro,
Cecilia Torres

    Como vai, futuro? Tudo bem? Espero que a Agenda 21 tenha solucionado o comportamento do clima planetário e vocês aí do futuro tenham resistido aos desastres ambientais. Cada dia que acordo aqui no presente vejo um milagre, apesar de sofrer pelos extremos das temperaturas, tudo muito quente ou tudo muito frio. Hoje não devo esquecer o guarda-chuva, amanhã o agasalho, cachecol e luvas... Existe esse tal milagre do amanhã...

    Trago comigo uma mensagem: vim apenas trazer uma carta para o futuro. Por tantas e tantas coisas que já escrevi, olho a todos com olhar de compaixão e até meu pior inimigo me serve como guia espiritual. Só assim estou me purificando e vendo com mais clareza as almas de todos. Calma. Não estou bisbilhotando seu íntimo, isso não é um dom especial somente meu, pois sabemos quando estamos ou não agradando, sabemos quando é hora ou não de mudar. Não tenho apego, estou sempre mudando e sou mutante. Posso ser polêmica. Ou me amam ou me odeiam. Sei que tudo isso é uma criação de nós mesmos. Você que agora está criando a minha mente, e eu que estou criando a sua, escolha a paz e não a guerra...

Escolha um céu bem azul, de um azul indescritível. Um céu aberto, um campo aberto e, de peito aberto, solte uma pipa rosa, amarela, vermelha, amarela, ou quem sabe azul para se fundir com o azul celestial, e saia correndo em sua liberdade de expressão. Esqueça por um instante que é adulto. Liberte sua criança interior, comece tudo de novo. Experencie o novo, o ar puro daquele campo aberto, seu coração liberto, desfrute cada minuto do descompasso de seu coração, e cada vez que soltar uma pipa tente liberar mais linha para que ela ganhe o céu. Lembre-se de que essa linha que levanta a pipa é como seus ensinamentos que levam para as alturas seus discípulos e que, ao romper a linha, como num cordão umbilical, ela vai ganhar outros ares, outros mundos. Saberemos que quando a linha arrebentar e por si só tiver que ganhar outros territórios, não tente correr atrás porque a melhor arte já foi ensinada, a de ganhar os ares. Esse é você: um sonhador, uma gaivota, uma vida que ao abrir os olhos se enxergará lá no futuro...

Um abraço apertado,

Aqui e agora

Brasília, 26 de agosto de 2022

Para meu primeiro menino,
Cecília Vieira

Filho, daqui a exatos trinta dias você completará 9 anos. Eu estou com a sua idade ao ler esta carta. Se respeitar meu pedido no envelope, "Para meu primeiro menino, aos seus 40 anos: não leia antes porque não fará sentido. Não leia depois porque o sentido será outro".

Hoje, quando me perguntou, ao deixá-lo para dormir na vovó, se estava ficando lá para eu poder ter uma boa noite de sono, quase fez meu coração parar de bater.

Não, meu filho, minhas noites nunca mais foram boas. Porque assim que chegou a minha barriga, me fez questionar o mundo que desejo para você, ou em que posso estar errando, ao tentar acertar. As noites não serão boas porque viver a vida é um risco constante, e quero que corra este risco, sem se machucar.

O que eu tenho, porém, são noites plenas, abarrotadas de afagos, apertos, cheiros, falas, sons... Lindas memórias presenteadas por você. Saiba que nesse mesmo dia pela manhã eu ouvia "Como é grande o meu amor por você" e pensava que nem essa canção consegue explicar o que sinto por este pequeno, que cresce tanto a cada dia.

Meu grande menininho, tudo de bom que ouço, lembro de você. Tudo de ruim que ouço, me preocupo com o mundo para você. Essa mescla de sentimentos me preenche com uma felicidade, aquela indescritível de ser mãe, de ser a sua mãe.

Lembre-se sempre do que respondi naquela noite. Não, filho, de jeito nenhum, não é para ter uma boa noite de sono. É para me preparar aos poucos para a separação. (E, claro, para dividi-lo com a vovó, que não se aguentava de saudades.)

Você, no meu hoje, me pede para parar, sentar, não correr tanto. Eu admiro uma criança perceber e me avisar sobre essa imperativa necessidade. Será que, aí no seu hoje, escutará o conselho de você menino?

Sinto-me na melhor idade. E espero tanto que você também! Depois, quero que me conte seu futuro, porque o meu terá passado, mas sempre feliz por ter você nele.

Com um amor maior que o mundo,

Mamãe

Feira de Santana (BA), 2 de setembro de 2022

Minha saudosa e amada Mãezinha

Celêne Ivo Junqueira Bacelar

Sei que deve estar bem aí no lugar onde Deus lhe reservou. Quanta falta a senhora me faz, a saudade é imensa! Era a minha confidente e conselheira. O desejo é tanto de compartilhar com a senhora as conquistas que Deus tem me concedido que, às vezes, saio do real e imagino a senhora sentada naquela poltrona, hoje vazia, e eu ao seu lado contando-lhe meus feitos e a senhora sorrindo, feliz, me aplaudindo.

Ah! Como eu queria lhe contar de verdade tudo o que aconteceu e vem acontecendo de bom em minha vida. Surgiu a oportunidade de fazer esta carta, mesmo porque achei a ideia interessante e um meio de desabafar o que sinto. A senhora sempre torceu pela minha felicidade e não faz a mínima ideia do que estou fazendo nesses últimos tempos, em que me transformei. A senhora não vai acreditar, sou poeta. Escrevo poemas desde 2013, escrevo outros gêneros, mas poesia é o meu preferido porque está na alma. Já publiquei um livro de poemas e outro está para ser publicado.

Quando me casei, a senhora ficou muito feliz. Imagine agora vendo-me imortal em uma Academia, tendo meu nome registrado no *Dicionário de Escritores Contemporâneos do Nordeste,* com participação em dezessete publicações, entre coletâneas e antologias, nesses dois últimos anos, e em saraus de que gosto muito.

Fico por aqui. Cheia de saudade e com um abraço carinhoso, despeço-me pedindo-lhe sua bênção.

Sua filha,

Celêne

Rio de Janeiro, 8 de janeiro de 2020

Amada Louise
Celso Custódio

Há quanto tempo esquecemo-nos de nós mesmos?

Não tem como dar um jeitinho no seu modo de ser um pouco atrapalhada com a vida.

Meu silêncio ecoa dentro do seu ser, como caixinha de surpresa que não se espera.

Os minutos são incontáveis para visualizar sua presença, despedaçada pela incerteza, porque você vem.

Perdi as noites em claro interrogando meus pensamentos, se valia a pena a insistência de tê-la sempre ao meu lado.

Inútil desenhar as curvas das estrelas, sem primeiro observar o brilho do firmamento.

A trilha que me leva à sua direção está destruída pelo seu próprio egoísmo, e a ponte da união é longa e inatingível por sua causa.

É a única do universo que os céus estão fechados para si mesma.

No amor não tem lembranças de nada, pois são águas passadas.

Que o coração possa ser curado pelo bálsamo da confiança, que as feridas sejam lavadas com o óleo da esperança.

Esse sorriso chorado não nega o que tem de mais profundo e verdadeiro.

Parece um meteoro caindo sobre um planeta, deixando um rastro de horror e desespero.

Não dá oportunidade de conhecer os seus detalhes, nem de se aproximar, intimidando os seus olhares.

É tão bom quando a brisa lhe toca o rosto, as pernas dançando sobre os passos, o mar agitado e afoito descobre seus braços nus.

A história não se repete em outras luas, o amor talvez não tenha nome e endereço certo, mas a vida é tão curta que cabe nós dois dentro dela.

Abraço carinhoso de seu amado...

Carlos

Veneza, 19 de setembro de 2038

Ridícula carta de amor

Cláudio Almico

Amada Rosa,

Pareço ridículo ao escrever-te. Ainda assim te peço que olhe as escritas, querida, não somente as letras.

Olhe em tua alma! Não podes ver?! Talvez consiga... Eu compreendo, não vai saber.

Quando era jovem, não percebeu que ao teu lado o amor deixou, bem ao teu lado, um grande amor.

Ele em seus dias não te esqueceu e me mandou te escrever, dizer adeus.

Aquela história virou memória em seu pensar. Não se preocupe, pois ele sabe que em você ele não está.

Não se levante, nem queira vê-lo... não é mais jovem, pele cansada, se vê no espelho. Te ama ainda de forma tal que desistiu do teu amor e quis te ver longe do mal.

Pode sentar, não diga nada, por que talvez, de nada saiba. E o não saber nele seria como uma espada. Então assim, fique calada.

Ele te viu chegar, passar e não ficar. Deu seu amor, te ouviu negar. Não te cobrou por teu olhar... que o enganou.

Olhar mais lindo, fala sorrindo. O teu olhar sem duvidar o conquistou. Tua presença nele era paz, amor de alma, não só de pele, me disse mais... te amou demais.

Gritou ao vento, esperou tempos, o que ele traz, amor que o tempo nunca desfaz. Te ama ainda, mas não se engana, sabe que em ti não há amor, só ele ama.

Adeus, poesia.

Sou ele em ti, que por amar, posso falar ao teu ouvir.

Do seu poeta,

Cláudio R. Almico

Fortaleza, 15 de agosto de 2022

Querida Carol
Cleobery Braga

Faz bastante tempo que não nos aproximamos, seja fisicamente seja por meios eletrônicos, mas você sempre esteve em meus pensamentos. Pensei muito antes de escrever esta carta para transmitir meus anseios, desejos e lembranças de um passado que juntos vivemos desfrutando emoções de todos os tipos, quando compartilhávamos sonhos que pretendíamos realizar num tempo que seria breve. Hoje vivo num corre-corre danado por causa do meu trabalho no Banco de Investimentos, onde tenho que cumprir metas de produtividade.

É difícil de acreditar, e você com certeza terá dúvidas se lhe disser que penso em você constantemente. As lembranças efluem desde nossa infância; morávamos próximos e, juntos com a garotada, brincávamos de queimada, estátua, amarelinha, esconde-esconde, passa anel, cabra-cega, dança das cadeiras e tantas outras brincadeiras. Você sempre me despertou atenção e na primeira oportunidade pedi para namorar com você. O tempo passou, ficamos jovens, adolescentes, crescemos namorando e sonhando.

Inesquecível Carol, escrevo seu nome com tanto amor que soletro letra por letra com amargura por não estar mais ao seu lado. Nem sei o que faz, por onde anda, se tem amores, se tem boas lembranças minhas. Confesso que cometi erros, que não tiveram absolvição, mesmo fazendo juras de amor. Você foi implacável. Hoje entendo sua posição, realmente não merecia o acontecido. Quero declarar o que sinto por você. O amor que desde muito jovem você me despertou permanece encrustado no meu coração.

Juras fizemos de "Amor Eterno", momentos inesquecíveis passamos, viagens diversas em que adquirimos conhecimentos, observamos outras culturas, degustamos sabores incríveis. A viagem a Fernando de Noronha foi por demais encantadora, com banho nas lindíssimas praias de águas límpidas e transparentes, onde víamos os peixes aos nossos pés.

Carol, embora nosso amor seja do passado, que passou, as lembranças permanecem na memória e não se apagam. Eu lhe desejo FELICIDADES, e continuo com a jura de "Amor Eterno".

Receba esta carta como pedido de perdão de quem sempre amou você.

Abraço saudoso,

Luciano

Santos, 8 de dezembro de 1989

Querida e velha amiga,
Clície Maria Covizzi Alvarez

Olhando o espelho, eu vi desenhar-se outro dia um rosto — triste em olhar distante — como se estivesse a vida a despedir-se em derradeiro instante.

Firmei os olhos e a imagem refletida, de imediato, pôs-se a me dizer: "Que fiz a ti, querida e velha amiga, para que pudesses com tal me acometer?"

De novo olhando sua face triste, seu olhar cansado — a vida malsã, ainda aturdida, até contrafeita, enfrentando a imagem, eu lhe respondi: "Não sei nem quero conversar contigo, porque nada tenho para dizer: se estás doente, triste, descontente, não é assunto meu. Busca a resposta ausente. Pergunta à vida o que se passou... Pergunta à morte o que te legou!

A imagem, então, sem perder seu tempo — bem imperativa —, recobrando a vida atirou-me ao rosto...

— Olha bem pra mim! Se estou assim... devo-o a você!

Já bem agastada com o tal diálogo que não desejava ver continuar, em último dito, como encerrando a fala, vi-me a replicar: "Não me aborreças com os teus achaques. Não sei sequer quem ao menos és!".

— Ah! Não sabes não, figura acovardada? Eu sou teu reflexo; eu sou tua mirada. Vê com teus próprios olhos no que te transformaste: Sente como estás velha em corpo jovem! Abre bem teus olhos, busca na tua mente no que converteste tua vida ingente. És a agonia personificada; és a moradia que foi renegada: és a fantasia usada, jogada, rasgada.

Com estas palavras duras a ferir os tímpanos da minha audição, fitei novamente a figura e então — como que ciente da ocasião — ela ainda disse:

— Sai desse marasmo; volta à tua vida. Vamos retornar a sentir paixão: Vamos alegrar nosso coração. Brindemos a vida que é harmonia, que é prosa... é verso — ela é ousadia; ela é união.

O que você acha dessa história?

Um beijo, Cly.

Uberlândia, 19 de fevereiro de 2022

Galega amiga
D'Lourdes

Escrevo esta carta pruma culpa passar
Vou dizer e confessar, queira me perdoar
Em mal traçadas linhas, de saudade falar
D'uma carta que no criado-mudo ficou
Uma carta não enviada que agonizou
E na gaveta da memória se eternizou.

Escrevo pra te dizer que és especial
No meu pensamento será imortal
Por aqui, tamanha dor e dias sem cor
O triste canto do urutau é inda maior
Pros filhos, sua ausência não há acalento
Aos amigos, cada segundo um tormento.

Ao falar de ti, ninguém segura o pranto
Lédna Ferraz, igual tu outra não haverá
Nem o sol tão amarelo mais será
Mande aí do céu notícias clichê
Não se avexe de querer um cachê
Prometo os amigos reunir pra você.

Daí, convidados com poesia e sarau
Ferraz, Miro, Herta e Suassuna
Foram-se três anos, acabou a purpurina
Em Jacobina, Jordânia e Várzea do Poço
Saudade dá, a gente disfarça com esforço
Uma tortura você partir sem se despedir.

Sei que olhas aí de cima, curiosa daqui
Lembro da serenata que se perdeu, sorrio
Da carne de cascavel ou seria de siri?
Ninguém desmente, sempre alguém ri
A gente suspira, dorme e toma um café
Triste dizer-lhe adeus, mas restou a fé.

Dá um vazio danado que só padece
Ôxe! E a gente finge que esquece
Saudade das risadas e resenhas
E das confidências das vizinhas
Hoje a saudade bateu e doeu
O sorriso não apareceu, se perdeu.

A carta não enviada guardei
Nossos segredos tranquei
Mas como eu sou teimosa
Outra carta escrevo lacrimosa
Notícias suas aguardo ansiosa
E olhando pro céu, esperarei.

Chêro pra tu

D'Lourdes

Belo Horizonte, 27 de agosto de 1987

Querida Nanica, minha criança,
Daniela Rose

Não preciso lhe perguntar como está, pois sei que apesar das tribulações exteriores, mantém sua alegria interna, é algo de você para você mesma.

Escrevo-lhe para que saiba que essa é a nossa vida mais extraordinária! Somos abençoadas!

Pode não parecer neste momento para você, enquanto se esconde debaixo do cobertor com medo dos fantasmas, monstros e pessoas, que insistem em não enxergá-la, ou simplesmente não conseguem sustentar o olhar diante da sua luz.

Você brilha, menina! E você sabe! Sabe que há em você uma energia diferente. Seus pensamentos são sobre coisas que parecem fantasias, ilusões, mas que tirarão seu ar daqui algum tempo.

Lembra do seu lugar seguro? É ali mesmo a segurança que todos procuram, e alguns não fazem ideia do que procurar. E você, com seus 7 anos, sabe disso. Por isso se mantém em felicidade íntima.

Quero dizer que sinto muito por ter ficado tanto tempo afastada. Foi necessário para que eu experimentasse situações para nosso crescimento, mas agora eu voltei para casa! Peço que me perdoe, por favor, me perdoe.

Sinto que este é o fim de um ciclo e começo de outro, e estou aqui para convidá-la a segurar minha mão e seguirmos juntas. Ficaremos juntas mais uma vez.

E tenha certeza, minha criança, você é amada além da medida do tempo e espaço, e em todas as dimensões.

Hoje não precisamos esconder nossa luz, esse tempo de temor acabou! Aquela Luz, ela está aqui e podemos brilhar, ser quem realmente somos!

E gratidão é o termo adequado para expressar o que sinto ao lembrar do seu desprendimento em superar cada adversidade e fazer com que me orgulhe de todos os segundos em que você lutou para manter a nossa essência, a nossa divindade!

Hoje você se integra a mim e eu me integro a você. E mal posso esperar para saber que o quem vem pela frente.

Sem dúvida, essa está sendo uma vida que vale a pena ser vivida!

Com amor puro da qual nós somos em essência,
de sua parte consciente,

Sofia

Rio de Janeiro, 2 de janeiro de 2023

Amada filha Maria de Lourdes,
Daniella Cury

Há 18 anos você nasceu e, sem que houvesse tempo para abraços e despedidas, partiu, deixando neste plano um misto de saudade e frustação.

Sou grata pela honra de tê-la concebido e a carregado em meu ventre. Contigo aprendi a ser humilde e resiliente e, também, reforcei minha fé. Na sua ausência, encontrei consolo em amigos e vizinhos que relataram experiências de luto e superação. Ouvi, fui ouvida e, com a dor, me tornei uma pessoa melhor.

Acompanho seu crescimento a distância. Desde seu 1º aninho, percebo sua presença nos almoços e bolinhos que preparamos, com carinho, para festejar seu aniversário. Guardo fotos das flores que lhe mandei a cada janeiro durante a primeira década de seu desencarne. Senti orgulho nos seus 15 anos, por tornar-se moça, e lembrei-me de quando valsei nos braços de meu pai. Aguardei ansiosa pela data em que completaria a maioridade, ao menos, de acordo com a contagem do tempo na dimensão em que estou. Imagino-a determinada e segura; uma mulher longilínea, de cabelos encaracolados cor de mel e com a pele alva.

Seus irmãos mais velhos também cresceram e se tornaram adultos maravilhosos, esforçados e carinhosos. Seus irmãos menores estão bem. Estudam e praticam esportes. São garotos generosos! Você tem dois sobrinhos: um menino e uma menina. Crianças espertas e muito ativas.

Seus avós e tios a guardam no coração com carinho. Você é sempre lembrada por todos e faz parte de nossas vidas. Acredito que já tenha encontrado sua bisavó por aí. Cuide bem dela! Aproveite para aprender sobre caridade e perdão.

Seu pai manda lembranças. Ele ora todas as noites. Creio que você possa ouvi-lo de onde estiver. Sei que é um lugar iluminado e que você está em paz.

Parabéns pelo seu dia, querida filha! Desejo o melhor na sua jornada.

Com amor,

Mamãe Daniella Cury

Fortaleza, 19 de janeiro de 2023

Querida Coração,
Danilo Fontenelle Sampaio

Esta é uma daquelas cartas impossíveis.

Daquelas redentoras de todos os erros, apaziguadora das dores e libertadora dos pecados e da covardia.

É daquelas sem os limites do improvável e sem censura do impraticável.

É daquelas que, a um só tempo, alforria nossos medos e resgata a esperança, absolve das omissões e restitui, intactos, os sonhos mais cálidos, em uma nova chance que é concedida.

É daquelas escritas com a garganta apertada e com o coração em ribombo.

Nela narro como é perder tudo de mais importante que já tive na vida.

Que era você.

Falo como foi ter sido deixado só, descartado e sem sonhos.

Enterrado em luto.

Sem rumo nem estrada.

Como uma árvore de pedra, no caminho de ninguém.

O baque da surpresa, a intensidade do inusitado e a amplitude da mágoa me arderam a alma e calcinaram até mesmo a vontade de viver.

O que você fez não foi humano. Foi atroz e irresponsavelmente desumano, na forma mais cruel jamais pensada de fazê-lo.

Por muito tempo pensei em desistir. Cansado da saudade. Exausto de sofrer. Desenganado de expectativas. Sem querer nenhum amanhã.

Por mais tempo me achei um tolo. Um fraco. Um ser ridículo. Teimoso em não admitir a inexistência do que era para ser.

E confiava em uma mensagem desbloqueada. Em um e-mail inesperado. Algo pelo Instagram que nunca veio.

Aí você surge do nada, me escreve suplicando clemência e admitindo todos os erros.

Releio inúmeras vezes as linhas escritas por quem sempre amei e amo do fundo da minha alma.

De quem o simples olhar me faz arder o coração e derreter o gelo do isolamento.

De quem a fala me amanhece os sonhos e faz o desejo gorjear novamente.

De quem o toque me floresce a esperança. De quem a presença recupera o melhor de mim.

Não há o que perdoar se o meu coração só bate por você.

Tenho tudo.

Na minha vida só me falta você.

E escrever esta carta impossível.

Uma carta que concede o perdão que você nunca pediu.

Rio de Janeiro, 14 de março de 2022

Meus anjos,
Débora Torres

    São tantos os sentimentos que se confortam e se digladiam em meu coração que perdi horas em busca das palavras. Um papel em branco jamais foi tão aterrador para mim quanto este está sendo! Mas, se não começar, mesmo que de forma tímida e ainda incerta, jamais conseguirei lhes dizer o que meu coração carrega nos braços da saudade. Portanto, eis-me aqui! E, com a tinta como sangue de minha alma, faço deste papel a carta. Que cada palavra aqui escrita lhe sopre vida, transformando o florear das linhas infundidas no papel em uma guardiã de uma parte minha que clama ser ouvida! Não pelo todo que faz de mim quem sou, nem por quem a possa encontrar e ler, mas sim para que este clamor possa ecoar por cada linha, na esperança de que tudo que sinto, que uma parte de mim consiga alcançar os inocentes e celestes corações de cada um, e assim, sussurrando-lhes o que meu espírito confessa, baixinho, sempre que o céu se espelha nos meus olhos.

    Vocês precisam saber que jamais quis deixá-los! Jamais quis que vocês partissem! Lutei com todas as forças! Mas infelizmente sou apenas um ser humano, carregando fragilidades que não pude e não havia como vencer e, por isso, os deixei ou vi partir, seja pelas mãos inocentes da minha idade ou pelas amarras da doença que aprisionou minha vida. Nosso último momento foi virado do avesso e tornou-se amargamente definitivo. Eu... eu sinto muito! Espero que cada um esteja sentindo o quão profundamente gostaria de poder mudar tudo o que aconteceu, da forma como aconteceu e proporcionar a vida que mereciam.

Sabem, talvez esta carta também esteja se tornando para mim um expurgo! Da dor e da saudade e, quem sabe, ela possa então transformá-las no portal entre minha alma anuviada e vocês, meus querubins iluminados. E que o peso da memória de ter que partir ou vê-los partir possa se tornar uma raiz que ancora, floresce e ramifica, pelo mundo, nosso amor.

Peço que me perdoem. Por tudo.

De quem eternamente os amará,

Débora

Jardim Alegre, 22 de agosto de 2022

Olá, queridos pais José e Nair
Éllen Louíse

  É com grande alegria que me reporto a vocês com a imensa saudade de tão maravilhosos tempos de minha infância, época em que a vida e a gratidão andavam juntas e que o amor pleno e sem cobranças de vocês por mim me encheram de suporte emocional para ser a mulher vencedora que sou hoje.

  Recordo com emoção a preciosidade de suas regras, a magia da paciência com as quais me ensinaram os primeiros rabiscos e todo o incentivo a uma criança que temia o processo da vida, mas que hoje vê concretizados todos os sonhos de ser uma artista, uma Professora, uma escritora... uma mãe, uma esposa, uma filha amada até hoje e grata a seus pais.

  Estou escrevendo para vocês aí no passado para dizer aqui no presente, futuro pensado por vocês, que graças ao Deus que me ensinaram a respeitar e aos seus conselhos e ensinamentos, me tornei uma pessoa feliz e certa de que poucos filhos podem ser tão gratos aos seus pais como eu sou.

Despeço-me abençoando o sono de vocês, lamentando a impossibilidade de estar hoje, ainda como no passado, acalentando seus sonhos, preparando suas camas e travesseiros na hora de dormirem, como aprendi a fazer em reciprocidade ao que tantas vezes fizeram para mim.

Com todo amor e gratidão do mundo, Sua filha

Eliane

Currais Novos, 1º de setembro de 2022

Querida mamãe,
Eva Salustiano

 Dois anos se passaram e a saudade de ti ainda machuca meu peito. Muito me dói relembrar a tua partida, pois nasceste em meio a uma pandemia (1919) e viveste mais de um século para partires para a eternidade no meio de outra (2020).

 Como eu gostaria de ter velado teu corpo inerte, gelado, te coberto com flores brancas, pois sei que eras apaixonada por elas! Oh, minha mãe querida, nem isto tiveste o privilégio de elas te acompanharem!

 Como recompensa, cultivo um pé de jasmim laranja que te pertenceu, e assim converso contigo sentindo o teu cheiro através das flores que ele nos proporciona.

Saudade eterna de tua filha,

Eva Medeiros de Matos Salustiano

Cidade dos Poetas Indigentes,
um dia não contado de um ano não recordado

Prezado e hesitante, eu

F. F

    Seja um limitado limitante. Siga, burlando a vida com seus sonhos... Aqueles que lhe fogem à guarda, os que transbordam de ti.

    Assim, sempre que puder, que precisar ou que lhe faltar algo, alguém, algum, derrame-se em letras, preencha a linha que sobe e desce no compasso de sístole e diástole, em um relógio a devorar o seu tempo, de verbos, entrelaçados a substantivos, entremeados de adjetivos, advérbios, adjuntos, adquiridos, adequados, adestrados, advertidos, admirados, então, OUSE! Faça-se de nada; deixe que ele, o tempo, acredite que leva um pouco de ti todos os dias. Satisfaça-lhe o seu ímpeto de esfinge, não se engane, devora-te ele o que de matéria é feito de ti, contudo, sois além... Sua constituição é de versos, dispersos na multidão que tumultua seus pensamentos.

    Suas rimas são livres, ultrapassam a esquina, transpõem a colina, ecoam em cada buzina! Sua conjugação é a da liberdade. O ritmo que exala dos seus dedos voa, propaga, de norte a sul, leste a oeste, de tálamo e hipotálamo.

Lembre-se, suas certezas são "inconcretas", ausentes do ingrediente das massas que lhe dão firmeza, sustentação e voz. Elas, suas certezas, não se pronunciam. São mudas, plantadas em palavras não ditas.

É preciso que seja sempre um limitado limitante! Não se esqueça!

Limite-se ao amor! Aquele mesmo que se sinonimiza com dor, flor e torpor, ou que se divorcia com agonia, parestesia, hipóxia...

Limite-se ao "há/mar": cantar, brincar, rir até se engasgar! Contemplar, luar, estrelas e o sonhar.

Seja sempre, sempre e sempre, limitante de acuar, maltratar, desprezar, desrespeitar os limites de cada um.

Seja limitante de invadir, coibir, denegrir, destruir os diferentes de ti.

Entorne, derrame, verta, despeje-se em palavra, frase, poesia, sua solidão quase sempre é seu guia! A fantasia é seu lar. Transite entre as estrelas, frequente o pôr do sol, visite o luar. Repouse suas falhas, imperfeições, rabiscos e rascunhos no pouso reconfortante da caneta sobre o papel... É lá, logo ali, que finalmente encontra o céu, o sol, o sim, a parte do tudo que te falta, o todo de ti.

Advertidamente, ti.

São Paulo, 29 de maio de 2003

Bom dia, César
Fran Briggs

Como está?

Não sei se lhe enviarei esta carta. Não quero falar sobre isso com você. Nunca tocamos em assuntos profundos, nossas poucas conversas ao telefone são sobre amenidades e duram no máximo cinco minutos, para cumprir tabela social.

Mas as coisas mudaram de ontem para hoje e achei que devia compartilhar contigo, mesmo que nunca leia. Sou assim, estranha (e você não faz ideia, já que me trocou por outra mulher sem nem ter tempo de me conhecer por completo. Ok, estou me atropelando).

Como já sabe por mim mesma, me casei na noite passada. Sim, encontrei um novo amor. Jamais pensei que esse sentimento entraria novamente em minha vida, um homem romper as barreiras que me impus quando me deixou. Tenho medo de baixar a guarda, mas quando dei por mim já estava entregue novamente. E se ele um dia me ferir? E se achar que não sou boa o bastante? E se apenas nossa família não bastar?

Ainda me lembro do quanto ela chorava por você quando nos deixou. Eu não, engolia o choro, me permitia verter lágrimas apenas quando sozinha. Não podia demonstrar fraqueza, tinha que ser forte por mim e por ela.

Chorei durante a noite toda enquanto meu marido dormia, sem fazer ideia dos meus receios, do meu trauma. Chorei pensando na minha felicidade enquanto ela estava sozinha em casa.

Agora com sua filha casada. Nesse momento em que devia estar com seu companheiro ao lado, com a sensação de dever cumprido. Mas você preferiu abandonar sua família, sua filha pequena que o idolatrava, por outra mulher.

Esta carta é para você, pai. Embora talvez nunca a leia, talvez nunca saiba que foi meu primeiro amor e que partiu meu coração de um modo que jamais será reparado, que graças a você sempre terei um fantasma pairando sobre minha cabeça, o medo de nunca ser boa o bastante, nunca ser o suficiente para o homem que eu amo.

Com todo o amor que você nunca mereceu,

da sua filha, Patrícia

Brasília, 20 de agosto de 2022

Carta de Maria
Gabi Vasconcelos

Olá, Maria, tudo bem?

É com muito amor e orgulho que escrevo esta carta para parabenizá-la. Você conseguiu! Você foi determinada e perseverante apesar de tantas adversidades, tempestades, fragilidades e desafios. Você lutou bravamente contra rejeição, escassez, *bullying*, abusos, dor da perda e momentos de grande medo.

Como é gratificante olhar para trás e ver o caminho percorrido em busca das conquistas e dos sonhos alcançados. Como é bom olhar para frente e ver um novo horizonte cheio de luz, cores, flores e frutos. Parabéns! A sua fé lhe deu asas e agora é hora de voar e contemplar a beleza de não desistir e desfrutar o lindo jardim que floresceu. Você é linda, cheia de garra, força, doçura, amor e intensidade. Por onde passa, exala o bom e suave perfume da resiliência.

Vamos em frente! O passado deixou preciosas lições, o presente está no ar e o futuro brilhando nos olhos.

Você é uma mulher especial!!!

Um abraço apertado com amor,

Nova Maria

São Paulo, 22 de janeiro de 2016

Querido Pedro,
Geisa Santos

    É curioso pensar em como a gente se conheceu. Foi tudo tão rápido, tão intenso, tão avassalador e ao mesmo tempo tão superficial.
    Não procuramos entender o que o outro sentia, ou como sentia, nem por que sentia. Éramos um mix de afeto e cobranças intermináveis.
    Tentei aceitar seu jeito diferente do meu porque não achava justo tentar mudar você sendo que cheguei depois, mas no fim falhei. Falhamos.
    Nessa de mudar um ao outro, fomos nos afastando, nos perdendo, condicionando nosso sentimento a mais frustração do que prazer.
    Nunca estava bom o bastante. Nunca.
    Foi nosso fim.
    Dois estranhos tentando dividir um espaço em que dois já não cabiam mais.
    Magoados. Desgastados.
    Gastando o tempo de ir mais fundo, investindo forças na superficialidade.

E, cansados do dia a dia de amor raso, abandonamos o barco que era de nós dois.

Vida que segue. Um para cada lado.

À procura de outros mares que aceitem nossos barcos, que esqueçam nossos frágeis remos e mergulhem conosco numa profundeza a que eu e você jamais chegaríamos juntos.

Aceitei que você não era o destino.

Era parte da jornada.

Com afeto e votos de recomeço

Luiza

Patos de Minas, 28 de agosto de 2022

Aos homens que roubam o olhar...
Gema Galgani

Nessa dinâmica de percepções e materialidades inscrevendo o cotidiano por meio de fatos, pessoas e vivências, subjetividades vão compondo essa maestria de possibilidades "Aos homens que roubam o olhar...". Misto de possibilidades e experiências colorindo travessias do cotidiano: ao som do interfone, escuto *Vovô do biscoito caseiro* — sempre postura educadíssima e aparência impecável; ainda no café da manhã chega o *moço do pet shop* — rapaz de semblante agradável e olhar sorridente; pela caminhada, o *vizinho martelando o portão* tentando consertá-lo — pessoa de humor e presença maravilhosos; frente à mercearia do bairro, *os contadores de casos — um mais atento e cooperativo* ajudou a me salvar do cachorro raivoso; *dois colegas de profissão* via WhatsApp me encantam — um cognitivista nato me parabenizando pelo "Dia do Psicólogo", o outro de cavanhaque cerrado e autoestima em dia — ainda caminhante, explorando oportunidades.
Também pesarosamente: aquele *dito o amor da sua vida* — ocupado demais para enxergar que você está ali; *o paciente gentil e valoroso* — acenando de dentro do carro o quão agra-

decido está em se redescobrir e ressignificar; *o irmão para quem você liga* e deseja maior proximidade — responde "O que você quer? Tchau!"; ser nobre e enigmático concedido *como seu terapeuta* — implicando você a se responsabilizar consigo mesmo; *o estranho e ousado homem* que passa pela rua dizendo "Este perfume vai me fazer viajar..."; *o da fotografia*, homem alto — de cabelos lisos e entradas na testa — meu pai que partiu tão cedo; por último, aos que lerem esta mensagem — *homens de todos os tempos* e que estão por aí saltando ao meu olhar, para mim — para você e para tantos outros, permitam-se serem e, ajudando outros homens a se apropriarem inteligentemente de seu próprio pensar, se lancem à película de linguagens mais cheia de amor e sabores...

Besos de Fa Mulan,

mulher que ama a vida e suas mensagens...

Quito, 28 de agosto de 2022

Amada Gladys,
Gladys Salvador W.

    Esta mensagem é para você, a pessoa sonhadora e corajosa que fui e que ainda sou, agora com trinta anos mais.
    Eu sei que você vai escolher um caminho de sonhos e desafios, e que não é a opção mais fácil, mas sim a mais interessante. Eu vou aproveitar a oportunidade de enviar esta mensagem para você porque os corajosos merecem guia, ajuda, força e inspiração.
    Primeiro, eu quero falar dos sonhos. Saiba que sonhar é seu boleto direto em direção a sua verdadeira identidade, e que os sonhos são o próprio caminho de evolução pessoal. Contrariamente do que dizem com respeito a sonhar, o seu sonho é o mais real e autêntico que você pode fazer. Se você não sonha, torna-se uma pessoa irreal, um robô. Graças aos altos e baixos, logros e fracassos, avanços e retrocessos, você descobre a magia que habita em você e na vida, você descobre o Grande Espírito.
    Seu sonho pode demorar a se realizar, pode acontecer ou não, pode mudar. Você pode até mesmo descobrir que tem outros sonhos e até vários talentos. O mais importante nesse caminho de sonhador é saber que nesse processo você se conhece e desenvolve seu próprio poder e potencial pessoal. Por isso, não deixe de sonhar!

Se alguém não acredita em você e também não acredita em sua visão, é simplesmente porque não tem percorrido o caminho do sonhador, porque ainda não descobriu a própria magia nem a magia da vida. Além disso, ele não pode ver o potencial que você está vendo, porque os sonhos são exclusivos.

Agora eu gostaria de lhe falar do medo. Ele pode ser seu amigo e seu inimigo, dependendo da situação. Ele é seu amigo quando a ajuda a ser prudente e cautelosa e quando a faz esperar para fazer ou falar alguma coisa, até você contar com a informação, o entendimento, as ferramentas e as condições necessárias para obter o melhor resultado possível. E ele é seu inimigo quando a imobiliza e não a deixa fazer o necessário para se expandir como pessoa, mesmo quando você já está pronta para avançar, debilitando-a e roubando sua confiança em si mesma e na vida.

Você sempre vai sentir medo quando adentrar aquilo que é novo e desconhecido. Isso aí é muito normal. Escute seu coração porque ele é o único que sabe o melhor para você. Ele sabe se você deve dar o passo ou não, se você deve se afastar ou se aproximar. O coração nunca erra, mas saiba que a decisão certa nem sempre é a mais fácil, nem a mais racional, mas no final é a mais construtiva e também é aquela que vai fazer você evoluir.

Agora eu quero lhe falar da culpa. Quando você sentir culpa, lembre que ela é um mensageiro do seu interior que pode se apresentar com diferentes rostos. Ela tem o rosto de um sábio quando a faz entender que aquilo que você fez a machucou ou machucou outras pessoas, também quando você não foi coerente com seus próprios princípios, convidando-a a ser consciente e responsável das suas próprias ações, também deixando para si um importante aprendizado.

A culpa também pode se apresentar com o rosto dum verdugo cruel que somente deseja torturá-la, e isso acontece quando você se sente como lixo por ter cometido um pequeno ou um grande erro. Nesse momento, procure o sábio, porque ele vai lhe dizer que você fez o melhor que pôde fazer segundo o entendimento e a consciência que tinha naquele momento. Também vai lhe dizer que você pode reparar, e se não for possível com a pessoa afetada, você pode ajudar outras pessoas na mesma situação, e se isso acontece provavelmente esse seria o grande propósito de ter cometido esse erro. Além disso, o sábio vai invocar o autoperdão, o amor-próprio e a dignidade para você poder seguir adiante com a mente clara, com as emoções em paz, com fortaleza e sabedoria.

Essa culpa com rosto de verdugo cruel pode também se apresentar quando, mesmo que não faça mal a ninguém, você se sente culpada pela sua singularidade, liberdade, sucesso, prosperidade e soberania pessoal. Nesse caso, não a escute, seja fiel a si mesma, talvez não seja o mais fácil, mas é o melhor para você e para o mundo, porque o mundo precisa de pessoas autênticas e felizes.

Às vezes, a culpa também tem o rosto de um prisioneiro olvidado numa masmorra subterrânea, úmida e escura, porque ninguém quer escutá-lo, porque o que ele tem para dizer é muito doloroso e incômodo, mesmo que seja necessário. Não o deixe abandonado, procure-o, leve-o para o sol, deixe-o sair e respirar, escute o que tem para lhe dizer. Seja forte, observe bem, você vai ver que ele mostra o rosto do sábio e do verdugo ao mesmo tempo, não importa, você pode escolher escutar somente o sábio.

Também quero lhe dizer que você vai ter muitas metamorfoses. Não tenha medo, elas são um portal para uma nova realidade, para um novo "Eu" muito mais sábio e fortalecido. Cada vez, você aprenderá a ter maior controle da própria vida, mas também aprenderá a viver aceitando a incerteza e a vulnerabilidade inerentes. Você conseguirá ter maior independência dos fatores externos da existência porque reconhecerá sua criatividade humano-divina. Você também aprenderá a ver a luz detrás de todo desafio. Você entenderá que é muito mais estimulante viver com propósito, inspiração e entusiasmo em vez de somente se ocupar da sobrevivência. Aprenderá a ser criativa em vez de passiva. Conseguirá ver por cima da dualidade. Verá que somos um, mas também que somos muitos, diferentes e às vezes opostos. Saberá que basta ser, mas também que é satisfatório se superar.

Encontrará guia, ajuda e proteção no seu caminho, e você também oferecerá o mesmo a outras pessoas. Aprenderá a dialogar com o medo, a vergonha e a culpa, assim como também com a confiança, o prazer e o poder. Reconhecerá que aprender a se comunicar consigo mesma e com as outras pessoas é um aprendizado de toda a vida. Descobrirá que o tempo é seu amigo e que não está regido por relógios e calendários, mas sim por ciclos dentro e fora de você, que são um só. Aprenderá a fluir com a vida e se conectar com o Sustento Infinito. Conhecerá que o Amor é um furacão que destrói tudo aquilo que não é verdade, que pode ser um desafio, mas também um privilégio e um milagre; que é eterno mesmo que tenha sido experimentado em uma pequena fração ou cápsula de tempo.

Viva as metamorfoses, rompa o capulho e voe em direção a um mundo de infinitas possibilidades, onde cada vez você possa explorar e escolher o que lhe parecer melhor, e assim a Vida e o Universo sorriam, cantem e dancem contigo.

Eu te amo e sempre estou te acompanhando,
Gladys de 47 anos

Santa Luzia (MA), 2 de setembro de 2022

Queridas tias Jucileia, Jucilene e Maria
Henning Winter

    Como estão? Espero que estejam bem. Acabo de lançar meu primeiro livro, *No silêncio há poesia*. Deu tudo certo, mas fiquei triste por vocês não estarem aqui em mais um momento importante da minha vida. Essa distância maltrata! Por mais que nos vejamos algumas vezes, e nos falemos por telefone, queria muito dividir com vocês esses bons momentos, as conquistas, a vida. Sei o quanto vocês me amam e é recíproco.

    Nossa! Foi muito bom quando fomos aí em São Paulo passar aqueles dias com vocês. Maria Gabrielly completou um aninho quando estávamos aí. Aliás, ela pede direto para ir novamente, com a justificativa de que não se lembra de nada. Errada não está, né? Qualquer dia desses dará certo irmos. Sinto falta também de não conviver com meus primos, mas a vida é assim, cada um segue um caminho. Eu sei quantos sonhos vocês tinham quando resolveram ir morar aí. Certamente, conforme já conversamos, alguns ainda não foram possíveis realizar, porém, o que tenho para dizer é que vocês não desistam jamais de lutar para realizá-los, pois enquanto houver vida, haverá possibilidade para sonhar e realizar. Espero que um dia possamos nos reunir todos novamente, como foi aquele Natal aqui em Santa Luzia. Vamos nos programar? Saudades!

Fiquem com Deus! Abraços! Amo vocês!

Henning Winter

Bombinhas, 5 de agosto de 2022

Para minha mãe moderna, Ághata

Hilda Chiquetti Baumann

Mãe

Parabéns, 109 anos! Que lindo! Para comemorar seu aniversário, escrevo esta cartinha. Nestas linhas, quero contar como as coisas andam acontecendo por aqui. São tantas as novidades. A senhora iria gostar de ver tudo isso.

Eu me recordo de como adorava viver. Como apreciava o progresso. Ouvia relatos de todos os tipos. Não se cansava de afirmar: "Gosto do novo, coisa nova é vida nova". Acompanhava os noticiários para estar a par de tudo. Sei até que rezava para as almas, crendo que elas a ajudariam a viver muitos anos.

Lembro que dizia: "Quero ver no que vai dar". Este moderno foi tão longe que me assusta. A senhora, que nada a desagradava, amaria essa velocidade de fatos surgidos a cada dia. Tão moderna! Entendia a economia, a política, a cultura e a ética. Do seu ponto de vista, tudo estava evoluindo legal.

Mãe, hoje há vaca produzindo 77 litros ao dia, de um líquido sem sabor que pinta de branco o café, que não tem mais aroma. Rosas não têm perfume. Melancia e alho não têm mais sabor. O amendoim, o gosto é de nada. Só não foi alterado o gosto do vinagre, do sal e da água.

Há trens e carros velozes que andam sem motorista. Um GPS, guia por onde ir a qualquer endereço. Em casa, o robô Alexa, parecido com uma lata de biscoitos, faz algumas tarefas. Tem banheiro que se higieniza sozinho. Imagina?

O telégrafo foi substituído por um telefone que vai com a gente. Mostra a cara que fala no outro lado, tem calendário, fases da Lua, previsão do tempo, música e missa. Calcula, escreve, faz mil coisas. De celular nas mãos, estamos parecendo robôs.

As crianças, poucas sabem ler e escrever, mas precisa ver, no tal celular o que sabem fazer. Eu já fiquei para trás, o mundo online não sei explicar.

Mãe, me conte seu segredo, como aprendeu a amar a leitura? Se foi apenas três anos para a escola? E as aulas foram em italiano?! Como aprendeu a ler em português?

Mãe querida, sei que me escuta. Mãe, tenho saudade de nós.

Beijos

Hilda Chiquetti Baumann.

Londres, 19 de novembro de 2036

Pai,
Ingridi Silva

Crescer com o vazio da sua presença me fez dar valor a todas as coisas, principalmente as sentimentais. A mamãe sempre me contou histórias a seu respeito, deixando viva a sua memória em mim. O amor e os ensinamentos que a tia Lizzie, a tia Sierra, o tio Matiê e a minha mãe passaram para mim nesses dezesseis anos me fizeram construir as minhas próprias recordações sobre você.

Às vezes me vem uma inquietação tão forte e insuportável por não compreender que seu ato tão bonito em defender a mamãe do racismo tenha resultado em sua morte de forma brutal, por você ter partido sem ao menos saber que eu estava a caminho, de imaginar como seria se você estivesse aqui, de querer ter as minhas próprias recordações com o senhor. Mesmo a vida não tendo permitido que nos conhecêssemos fisicamente, eu o sinto através da linguagem do coração, que faz com que a gente fique conectado.

Sabe do que eu me orgulho mais? É saber que heróis existem de verdade. Claro, não da forma que conhecemos, mas sim de caráter, integridade, não ter vergonha de amar, proteger aqueles que ama. Para mim, essa é a melhor concepção de herói na vida real, e você, pai, com certeza é para mim. Digo para todos os meus amigos quem você foi sem esconder a minha admiração. A mamãe diz que herdei isso do senhor. Aliás, segundo ela, temos muito em comum. A tia Lizzie costuma dizer que a vida foi muito gentil diante de toda aquela tragédia, pois sou a sua continuação, e isso me deixa muito feliz. Estou trilhando o meu caminho, mas com os seus ensinamentos.

Quero finalizar esta carta com gratidão por tudo, pai. Cara, sinto muito a sua falta! Mas sentir o seu amor por mim alivia um pouco essa dor. Talvez isso não fosse possível se o senhor não tivesse convivido com pessoas tão especiais. Isso mostra que você também foi e é luz. Te amarei para sempre!

Com todo amor do mundo,

Yohan

Paris, 23 de fevereiro de 2020

Antônio,
Ivan Reis

Escrever é uma forma de prazer, alívio e amor para mim. Coloquei o ponto final na nossa relação pouco antes de me mudar para cá. Vírgulas e parágrafos não faziam mais sentido. Por isso, encerrei nossa história e resolvi desengavetar os rascunhos guardados no peito. A voz da garota que escrevia na internet falou mais alto e me convenceu a pegar o avião. Você sabe o quanto sou apaixonada pelas palavras.

Muito do que sou hoje é resultado do que vivemos. Os cafés, os sorvetes e as madrugadas em que você editou meus textos antes que eu os enviasse à revista. Mesmo com o ritmo intenso da redação, nossa cumplicidade foi a costura do roteiro que escrevemos.

Dias atrás, eu me lembrei de quando nos conhecemos. O elevador abriu e notei o botão solto de sua jaqueta e a caixa que segurava. Depois, soube que fora dispensado. Apertei o botão para o térreo, uma descida (física e simbólica) nada fácil. Estava com as meninas da reportagem e você ainda no *lobby* do prédio. Quando saiu, passou por mim e me olhou. Semanas depois, trocamos algumas palavras e números de telefone. Conversamos sobre sua demissão no meu apartamento enquanto preparava nossos drinques.

Sinto falta das nossas conversas. A sutileza de como me fazia protagonizá-las na sua empolgação nas manhãs de sábado. Sempre soube que fingia não se importar quando eu saía com a equipe depois do fechamento. No fundo, você até entendia.

Foram pílulas de felicidade, guardiãs de um segredo que também é seu. Conversei com minha editora e decidi que nossas histórias tinham que ganhar o mundo. Minha vontade era registrar nossos momentos para quem estiver disposto a lhes dar importância. *Cartão postal*, livro que você tem em mãos, é um retrato dos nossos dois anos.

Mudanças não são fáceis. Precisei me desapegar de relações que incluíam você. Percebi que poderia ir além. Eu me despeço com a certeza de que o que vivemos foi essencial para o presente e, mais ainda, para o futuro.

Beijos no coração,

Amanda

Curitiba, 17 de agosto de 2022

Ao meu pai, com amor
J. P. Neu

Antes de lhe dizer o que preciso, gostaria que lesse o que escrevi no dia 15 de julho do ano passado:

"Estou com um mau pressentimento, mas não quero verbalizá-lo. Por isso, estou escrevendo. Meu pai está na UTI, com a doença que possivelmente está causando a maior crise sanitária desde a Gripe Espanhola. O mundo está de pernas para o ar e, ao que tudo indica, ainda levará um bom tempo até que possamos respirar com tranquilidade. Mas, deixando de lado o caos mundial, o que me aflige agora é a chuva calma e triste, como o mensageiro que traz a má notícia. Espero muito estar errado, e no máximo em uma semana rasgar esta folha e queimá-la, acendendo o fogo do churrasco em comemoração à recuperação do velho, lembrando este momento ébrio com um sorriso silencioso e solitário. Espero..."

E eu esperei, pai... Viajava uma vez por semana para saber de você. Era frustrante sentar-me nas cadeiras do saguão do hospital e esperar ser chamado apenas para ouvir más atualizações. Poucas vezes voltei com novidades animadoras. Você permanecia lá, sem dar sinal de melhora, até que, no dia 17 de agosto, fomos chamados com urgência para receber a notícia.

Meu consolo é ter feito tudo que esteve ao meu alcance, mas sabe, pai, eu gostaria de ter dado um último abraço, ter segurado sua mão, feito um carinho em seus cabelos antes que você respirasse pela última vez. Dizer que sou grato. Que o senhor me ensinou o valor do trabalho e da perseverança. Queria que soubesse que fomos muitas vezes visitá-lo, na esperança de vê-lo, de dizer que acreditávamos na sua recuperação, que estávamos ali pelo senhor. Mas não pudemos. O senhor morreu sozinho. Não sei como estava sua fé, e eu mesmo ainda não sei lidar com a minha espiritualidade, mas deposito aqui neste envelope mais do que palavras. Vai com ele o calor da minha alma. Para te abraçar onde estiver, e uma última vez poder dizer que te amo. Descanse em paz.

J. P. Neu

Imperatriz, 4 de novembro de 2021

Querido Miguel,
Jackeline Castro

Eu poderia discorrer por horas a fio e ainda assim ser rasa em tentar expressar o que sinto e o que penso sobre você e como poderíamos ter construído uma linda história de amor. Sempre fomos bons amigos e isso me deixou confortável por longos anos e confesso que sair da minha zona de conforto às vezes, na verdade, quase sempre, me assustava.

Mas agora chega! Já faz um bom tempo que eu queria dizer — ERA VOCÊ...

Acho que lá no fundo eu sempre soube que era Você... Lamento, querido! Sei que demorei muito tempo para então perceber você. Era você e saber que esteve lá esse tempo inteiro e eu não o enxerguei, faz eu sentir-me uma completa idiota.

Mesmo que as palavras me faltem e os sentidos não bastem, ainda assim, quero que saiba que eu estou vendo você. Eu estou sentindo você, com os mais sinceros e puros sentimentos que alguém pode nutrir por outro alguém.

Sabe aquela nossa troca de olhares, os sorrisos extravagantes e aquelas conversas "ridículas"? Antes pareceriam coisas tão bobas, mas só agora eu sei que tinham um real significado para você, diferentes do que tinham para mim naquela época.

E olha só como a vida é engraçada... Lembro-me de anos atrás você ser o narrador desta fala e de como seu olhar a mim se direcionava e do quanto minha simples fala ou quiçá minha presença espalhafatosa e até mesmo em dias em que eu estava mal trajada, eram relevantes e sobretudo notadas por você.

Hoje seus olhares a mim são mais distantes e as conversas, menos empolgantes.

Foi então que eu percebi que aquele papel de protagonista que outrora eu ocupava agora havia sido substituído pelo autor que lhe fala.

No fundo, meu amor, eu acho que sempre soube que ERA VOCÊ...

Com carinho, de sua querida...

Laura

Pasárgada, 28 de agosto de 2022

Amado iludido,

João Júlio da Silva

Com certeza está amando muito nessa sua melhor época da vida. Apaixonado inveterado, vive dizendo que seu coração é grande e que há espaço para muitos amores, até cinco ao mesmo tempo! Não chega a ser um Don Juan, mas é um sedutor na arte de amar. Um iludido que se embriaga com o néctar das musas! Não pense que viverá assim para sempre. Tudo passa e, muitas vezes, nada fica. Diz que está tão feliz que teme um futuro de tristezas, esgotada tamanha felicidade.

Seria uma obscura profecia? Talvez, tempos nada festivos o aguardam num horizonte cabisbaixo! A liberdade de cigano apaixonado se prenderá numa tenda empoeirada à beira de um caminho entediante. Ele se vangloria de não se prender a amarras legalizadas e mesmices, mas não evitará a armadilha. Seu mundo de poéticas paixões irá desabar, as deslumbrantes beldades ficarão no passado. A poesia sobreviverá se arrastando entre cacos de amores perdidos. Continuará rabiscando maltrapilhos versos.

Como sei disso!? Ora, estou a quarenta anos adiante de suas aventuras amorosas, um futuro de solidão e sem perspectivas, o tempo comendo as entranhas da alma! Poderia ter escrito isso há trinta anos, mas perdemos o contato, embora sejamos o mesmo ser. Sem as indomadas paixões, a criatura angustiada fica sem ilusões num coração cansado e triste. Um desiludido relembrando a época em que fora muito feliz.

Ah, sim! Num distópico mundo, vivo em Pasárgada e caminho por versos ensolarados, procurando o poeta capaz de hastear bandeira em minha solidão! Sua futura solidão...

Abraço desiludido,

Eu

Guanambi, 28 de agosto de 2022

Ao meu (in)finito grupo de amigas,
Joilma Santos

Escrevo-lhes esta carta para lembrar-lhes como é bom ter amigos...

E, tendo amigos, as dores cotidianas se tornam mais suportáveis. E os risos se fazem mais presentes. Somos três... Três Marias... Três mulheres... Três histórias feitas sob o trilhar de desejos, sonhos e decepções... Três amigas!

Um grupo de aplicativo com uma tríade feminina. Quantos desabafos, lágrimas e risos registrados com tinta indelével. Nós nos falamos todos os dias e os dias todos se tornam melhores por fortalecerem nosso laço de amizade.

Quando lerem estas mal traçadas linhas, haverão de se surpreender, uma vez que cartas caíram em desuso e se tornaram relíquias de um passado ainda presente.

Sim, os aplicativos nos conectaram instantaneamente e sem considerar as distâncias. E cá estamos nós, tão perto de um "oi" e tão longe de um toque.

Eis uma carta para saber como estão. Digam-me, vocês também escreverão para me responder?

Ou sucumbirão ao modernismo de responder via mensagem rápida?

Contem-me, amigas, como estão hoje, neste último domingo de agosto? Como estão dentro desses papéis que ocupamos? Mulheres, mães, esposas, filhas, trabalhadoras, estudantes; quantos papéis em cena e quantas cenas para dar conta. E conta-se para dar conta. E que bom nos termos para contar tanto e tudo e recontar quantas vezes for preciso.

Vou finalizar por aqui, afinal, sei que o tempo escasso não nos permite ler longos textos. Que dirá uma longa carta! A finitude da vida parece nos apressar em todos os âmbitos e nos faz acreditar que correr seria a solução. A pressa nos apressa ao passar dos dias e temos que ter cuidado para coisas importantes não ficarem relegadas e esquecidas.

Um abraço longo e caloroso e que dentro dele caibam vocês.

Sua sempre amiga,

Lucca, 5 de janeiro de 2022

Querida Liz,
Ju Pellicer

    Como você está? Conseguiu marcar suas férias? Saudades das nossas conversas intermináveis e de estar pertinho! Nada como a presença e o calor humano, né? Tenho saudades do quanto nos divertíamos, mas você sabe que eu precisava ficar um tempo longe daí, depois de ver meu noivado ir pelo ralo por um áudio de WhatsApp.
    O curso de italiano é o máximo! Sabia que *prego* pode significar mil coisas e nenhuma delas é o nosso prego? Ah! Eu conheci tanta gente legal! Muitos brasileiros vieram como eu, para dar um tempo — e nenhum quer saber de voltar! Os estrangeiros que conheci são meio nômades e já estão planejando o próximo destino. Às vezes penso em fazer o mesmo.
    Quando você vier, podemos ir de trem para Firenze e conhecer Pisa, aqui perto. E eu sei que você vai querer tirar a famosa foto segurando a Torre!
    Mas vamos turistar por Lucca também. A cidade é adorável. Eu amo a Piazza dell'Anfiteatro, onde fica a gelateria em que trabalho. Em um dos meus passeios, conversando com os donos das lojinhas, descobri que o Giuseppe precisava de

garçonete. Como uns trocados cairiam bem, aceitei. A alta temporada nem começou, mas como dá para ver nas outras fotos que mandei, a *piazza* fica lotada até no inverno, então o trabalho é garantido!

Numa das minhas folgas, podemos fazer o passeio pelas muralhas da cidade — uma verdadeira aula de história local! É claro que vamos a todas as lojinhas de *souvenirs* da *piazza*. Você vai amar! Este papel de carta do Colosseo que estou usando é de uma delas. As canecas também são lindas! Já garanti algumas para minha coleção.

Prepare o estômago para o *cornetto* com café da *panetteria* da Donnatella, o gelato de *fragola* do Giuseppe e a pizza e *vino rosso* do Carlo. Afinal, vir para a Itália é fazer turismo gastronômico e é a nossa cara!

No fim, uma temporada aqui era o que eu precisava para esquecer o que aconteceu!

Preciso ir. Estou em um banco da *piazza* e a chuva está começando.

Espero que você possa vir logo!

Um beijo,

Dani

São Caetano do Sul, 26 de agosto de 2022

Querida vovó Esmerina,
Kátia Veloso

Como você está?

Estimo que esteja bem e com saúde. Fiquei muito feliz em receber sua carta e ter notícias suas e do vovô. Por favor, agradeça em meu nome à pessoa que a escreveu enquanto você ditava.

E, por falar nisso, escrevo porque tenho uma novidade bem legal para contar. Fui convidada para participar de um projeto-piloto de alfabetização de crianças chamado ANA (Aprendizagem no Nível Adequado), desenvolvido para crianças que não foram alfabetizadas na idade certa. Assim que ouvi a sigla, ela me remeteu à Santa Ana, mãe de Maria e avó de Jesus, porque ela foi responsável pela educação da filha. Na imagem que tenho dela na capelinha, ela está de pé, segurando um livro e ensinando Maria, que está ao seu lado.

Eu confesso que o que me fez aceitar o convite da Adriana para participar do ANA foi você. Sei o quanto você desejou aprender a ler e escrever e ter aprendido a escrever apenas seu nome já foi um motivo de celebração. Aliás, percebi que você assinou a carta e quero lhe dizer que sua letra é muito bonita! Sua força de vontade e empenho é um grande exemplo para mim. Sinto-me honrada por ter aprendido e convivido contigo, mesmo que só nas férias de fim de ano.

Ler e escrever é incrível, mas muitas vezes não damos conta disso porque estamos acostumados. Participar desse projeto me mostrou outra realidade e trouxe a oportunidade de conhecer gente do tipo que você gosta: resiliente, alegre e esperançosa. Gente como você!

Ah, hoje é aniversário do Edson, estamos em festa! E o pai, a mãe e o Douglas mandam lembranças.

Nosso sistema de correio ainda não é tão eficiente a ponto de poder entregar cartas no céu, mas de alguma forma, embora não saiba explicar exatamente como, acredito que você vai receber essa carta. Daqui sigo com muitas saudades!

Um abraço carinhoso da sua neta que te ama muito,

Kátia

São Paulo, 13 de fevereiro de 2016

Querida Mari,
Kauê Barbosa

    Como eu gostaria que você estivesse aqui. Eu vou me casar hoje, dá para acreditar?

    Não é justo que você não esteja aqui do meu lado nesse dia. Era para você ser minha madrinha, a gente tinha combinado, lembra? Mas eu sei que a culpa não é sua, foi o destino que nos pregou uma peça.

    Se eu soubesse que aquela seria a última vez, eu teria dado um abraço mais forte e dito o quanto você é importante para mim. Como você foi umas das poucas amigas que realmente tive. Mas não deu. Só me resta agora imaginar tudo o que poderíamos ter vivido juntos.

    Você deveria conhecer minha futura esposa. Ela também estuda biologia, como você estudava. Vocês iam se dar bem, e ela iria adorar ter você como cunhada. Não tinha como não gostar de você.

    Eu realmente espero que você esteja bem. Até hoje não tive coragem para ir visitar você na sua casa nova. Acho que é melhor assim. Prefiro me lembrar de você dessa forma. Feliz. Jovem. Viva.

Mas, agora, eu preciso ir.

E espero que você fique por aqui. Sempre.

Um abraço do seu eterno amigo

Kauê

São Paulo, 20 de setembro de 2021

Queridos poetas,
Kermerson Dias

Interessa-nos uma poesia que não seja apenas de vanguarda ou formalmente rigorosa, mas surpreendente na sua verdade e nuance, que faz com que o coração salte com sua beleza e cause uma pausa.

Poesia de efeito visceral, de voz memorável, que desdobra ressonâncias misteriosas dentro de si e que está viva para o movimento do momento e seu trêmulo centro imóvel.

Ansiamos por uma poesia corajosa, até mesmo imprudente em suas aventuras, com a linguagem e a forma, que devolva o leitor à vida com perguntas sem resposta.

Recorramos à poesia em busca de amor ou saudade, celebração ou perda, ou quando a realidade for muito intensa, brutal ou desatenta para conter a ruminação.

Evoquemos a poesia para destilar, para ajudar a abrir espaço para a atenção, para tocar o outro com precisão, exatidão e empatia.

A poesia é uma arte em ação e o que mostramos não se limita ao gênero, tema, sensibilidade estética ou fronteiras.

Viva a poesia!

Com carinho

Kermerson Dias

João Pessoa, 15 de junho de 2011

Meu amor de ontem,

Kleber da Silva Vieira

Passam-se dias e semanas chegam ao fim. Meses e anos se completam, preenchendo o tempo. Transborda a alma quando envolvida em memórias. Vertendo imagens desbotadas das horas um com o outro compartilhadas.

Nada era para sempre, afinal! Quando menos esperávamos, veio o fim e nos bateu à porta! Ainda vejo nossos passos naquelas ruas. Tantas pegadas deixadas em caminhos que tomaram diferentes rumos quando o tempo passou.

Boas e más lembranças se entrelaçam hoje como uma trama de tecido, compondo a imagem de quem fomos. A tela da nossa aventura está agora exibida na saudade.

Às vezes, faço correr o filme de tais momentos. Percebo distraído que as lindas cenas são marcantes por tão simples: nossas tardes juntos. O início? Sempre radiante! Tal qual estrela ilumina o firmamento de minhas recordações. Sou feliz por compartilhar contigo aqueles anos.

Ainda que os ponteiros tenham muito girado, sinto e guardo o que melhor ficou de nós. Sei que é tarde, mas talvez não seja tão tarde para dizer que escolheria reviver se possível meus melhores dias ao seu lado. Sim, eu te amei! Sempre te amarei, pois você compõe um capítulo importante da minha vida.

Cada dia é particular, tem sua identidade. É único em sua existência finita. Infinito em sua natureza. O mesmo podemos dizer das semanas, meses e anos. Cada qual nos marca por sua singularidade, mesmo os detalhes escapando da memória.

Algo se perdeu naqueles dias. Naqueles anos. Que decidiu ficar para trás. Talvez os sonhos tenham se cansado de se fazerem eloquentes. Quem sabe a juventude se convertera numa maturidade sem graça. A essência daqueles dias está hoje imersa na bruma dos pensamentos.

A saudade é tênue e descolorida, mas faz brilhar os instantes que foram nossos. Agora vivem somente em nós por efeito de algum mistério. Dentro do coração! Eis uma definição de lembrança "que é a mais bela e a mais triste paisagem do mundo".

Com carinho, Kleber

Natal, 24 de maio de 2021

Querido corpo,
Lafrança

Decidi escrever uma carta a você. Tarefa não ortodoxa, como diria o Mestre Edson Claro, pessoa com quem você conviveu e aprendeu muito, pois foi nosso orientador no mestrado em Educação. De tanto provocar-me, sutilmente, ele me colocou no costume de usar batom. Hoje, você não vive sem um colorido na boca.

Lembra-se das aulas na especialização em Consciência Corporal, Saúde e Qualidade de Vida? Experimentamos estesiologicamente práticas corporais meditativas, contemplativas e de relaxamento para a ampliação da consciência corporal por meio de experiências vividas pelo movimento. Vivenciamos diferentes sensações para encontrarmos nosso gesto poiético no movimento atravessado por intercorporeidades.

Apesar de sermos um, reconheço que nem sempre percebi assim, pois vivemos muitos anos apartados, embora inseparáveis, desde a infância até a vida adulta. Somos fruto da visão dualista cartesiana que nos acompanha desde a convivência familiar, passa pelos ritos religiosos em que fomos engajados e atravessa toda nossa educação. Sabe muito de mim, por isso urge escutá-lo com atenção, cuidado e gratidão.

Foi moldado e disciplinado por valores e regras sociais. Tudo somatizado. Contudo, você jamais deixou de alçar voos, apesar das angústias, dos conflitos existenciais homéricos e das dores crônicas. Não desistiu, nem me abandona. Reinventa-se sempre com arte e poesia. Sua sensibilidade de olhar para si, para o outro e para o mundo lança sempre seu Ser para além do Ter. Tudo isso trata de minha imagem e esquema corporal. Ou seja, minha percepção de você em ação, em busca de nosso gesto possível, incluindo a musculatura enrijecida: a forma da beleza, da saúde e da cura.

Caríssimo corpo, agradeço por ouvir-me. Ultimamente, você está sorrindo muito. Ganhei seu sorriso, sinto que valeu a pena! Com afeto, ofereço-lhe estes versos: sou ar, sou água, sou terra, sou fogo, sou natureza, sou cultura, sou corpo, sou expressão...

De corpo para corpo,

Lafrança

Palmeira das Missões, 23 de agosto de 2022

Meu amor,

Lenir Santos Schettert

    Resolvi te escrever esta carta para aliviar a saudade. Como se isso fosse possível... Tu sempre soubeste o quanto gosto de escrever, e agora que partiste para a casa do Pai, esta tem sido a minha terapia, escrever... escrever... escrever. Assim vou mantendo o rumo da vida.

    Sim, continuo escrevendo poesias e crônicas sobre temas variados, mas também sempre escrevo para ti. Às vezes, são simples frases, poesias, outras vezes, pequenos textos. É a forma que encontrei para te contar como estamos seguindo a vida por aqui, sem a tua presença física. Não tem sido nada fácil.

    É uma aprendizagem que a vida nos impõe: viver sem os nossos amores. Por mais que saibamos que a nossa vida material é finita e que um dia todos nós partiremos, em nosso coração fica um vazio. Mas o meu vazio é diferente. Um vazio que está repleto de doces recordações de uma vida partilhada com amor por nós dois. Não dá para esquecer a nossa história... Afinal, foram cinquenta anos desde o início do nosso namoro.

    Escrever para ti é um lenitivo para a alma. Fico a imaginar a tua alegria lendo esta carta, pois cada palavra foi escrita com muito afeto. Ficarás feliz ao saber que estamos todos bem de saúde, nos reconstruindo aos poucos, e que continuamos te amando.

A vida segue lentamente... tão cheia de saudades, pois a saudade é assim... um pouco luz, um pouco cor, um pouco flor, imensa dor, muito amor e uma infinita distância. Porém, a fé fortalece a esperança em nosso reencontro e espero que tenhas encontrado a paz e a luz.

Embora estejamos em diferentes dimensões, te abraço.

Com muito amor e carinho,

Lenir

Apucarana, 17 de agosto de 2022

Alma companheira
Lourdes Spaciari

Onde estava que não te via? Passava por mim e não te encontrava. Eu te olhava e você me olhava, os nossos olhares não se cruzavam. A vida passou e ainda está passando, mas de repente os olhares se correspondiam e parece que o primeiro olhar, aquele olhar profundo que me atingiu na alma, que brilhava como dois faróis no escuro, um à procura do outro... Eis que tudo foi mágico, tudo foi iluminado, quando os olhos não enxergam mas a alma te procura.

E a luz brilhou e nossos rostos apareceram. Um precisava do outro para completar aquele amor apagado, alma companheira, alma perdida e esquecida. Agora o reencontro. Você é a luz da minha vida, luz que brilhou para te encontrar.

Uma alma corredora que a outra procurava sem saber onde te encontrar! Onde estava, meu amor, pedaço de alma? Vamos caminhar juntos, meu amor, meu amigo, meu companheiro. Enfim te encontrei, agora você é meu e eu sou sua. Nossos sonhos se tornando realidade. Vamos viver juntos nesta existência como nunca vivemos, sonhar como nunca sonhamos, meu companheiro de alma. Eu sabia que esse dia chegaria, que você estava à minha espera, e eu à sua.

Enfim, o nosso encontro, um amor inexplicável, que foi construído em outra dimensão, em outra existência paralela, onde juramos amor eterno.

Aqui estamos, meu amor, minha vida, meu tudo.

Te amo eternamente.

Auvers-sur-Oise, 29 de julho de 2019

Querido V.
Lu Candido

    Já se passaram muitos anos desde que ele tirou você de mim, em outro 29 de julho, ali no outro lado da rua. A plaquinha discreta na fachada do Auberge Ravoux não deixa esquecer que você viveu e morreu lá. Sabia que seu quarto está do jeito que o deixou?
    Respiramos você aqui em Auvers. Por isso me mudei para cá. Gosto de ficar sentada por horas aqui no Tabac Le Balto tentando ver o que você via. Este vilarejo poderia ter seu nome. Não é cruel isso? Você morreu na mais absoluta miséria e virou um defunto famoso e milionário. Um quadro seu vale milhões de dólares!
    Chamam você de gênio louco. Não sabem o quanto você era obcecado pelos estudos. Você nunca se satisfez, sempre buscou mais. Não conheceram o V. que lia Shakespeare e Dickens, que era generoso, que via a alma das pessoas e pregava o amor.
    Você tinha razão quando disse ao Theo que o vagabundo é um ser atormentado que quer desesperadamente agir, mas não consegue, porque está preso por alguma coisa e não tem

o que lhe é necessário para ser produtivo (me perdoe caso não tenham sido essas as palavras exatas). Aí vem a dor... invisível, dilacerante. Ninguém enxerga, então é mais fácil nos tratar como párias.

    E a dor aumenta. Você se encolhe e se contorce, aperta as mãos e os olhos, tenta gritar. As lâminas camuflam a dor. Eu sei, V. Sei que você não atirou em si mesmo porque quis. Ele também tentou me matar. E aquilo que você fez na orelha, eu fiz no braço.

    Eles não entendem. Como você poderia tirar a própria vida? Você lutou por ela, lutou por sua sanidade! Eu sinto tanto, V.! Queria ter estado lá... Trocaria de lugar com você. Você mudou o mundo de um jeito tão lindo.

    Queria tê-lo encontrado em outra época, por outros motivos. Espero pelo dia em que nos abraçaremos num lindo campo de girassóis ou de trigo. Vou chorar, com certeza. Por ora, vou seguir resistindo até não me restar mais força. Por mim. Por você. Por todos nós.

Com amor, da sua sempre

L.

Belo Horizonte, 28 de janeiro de 2023

Minha doce Maria Rosa
Lu Dias Carvalho

  É angustiante reviver o momento de nossa última despedida. A chuva manava tecendo um cálido cendal de lágrimas. Na plataforma pessoas encolhiam-se friorentas e tristes, aguardando a partida do trem que lhes levaria parte da vida. Você e eu estávamos no rol daquela expectativa, quando o trem chegou nubloso, uivando sobre os trilhos molhados. Alguns viajores desceram e sumiram em meio à neblina. Minha alma rasgava-se de doída tristeza junto a ti, Maria Rosa. Mantive tuas mãos nas minhas com fervor. Fui o último passageiro a embarcar a sua oca e triste figura, enquanto deixava na plataforma parte de minha vida. O que seria de mim sem ti, minha adorada Maria Rosa?

  O trem apitou e lançou para frente seu rude corpanzil, ficando para trás a estação e tu, minha amada, debulhando-te em lágrimas. Através da vidraça molhada pela chuvinha perseverante e de meus olhos marejados, vislumbrei, inda que por um instante, teu contorno sutil. Quando o trem margeava uma cidade, era possível observar as luzes dos postes e das casas, mas meus olhos só viam tua feição carinhosa, tal como uma obra-prima de Klimt. O trem foi rasgando as trevas da noite com seu estridor, acordando campos, bichos, homens e estalejando trilhos. Meu coração se comprimia entristecido, lamentando tua falta, minha meiga musa.

Ó Maria Rosa, mistura de castidade mística e alegria pagã, eu te queria para o deleite de meu corpo e de minh'alma. Por que não me esperaste? Por quê? Queria eu ter morrido no front, mas foste tu, minha amada companheira, quem a morte levou. Voltei. Desci naquela mesma estação como um farrapo humano, um cão sem dono, um muro sem prumo, um louco vadio. Nada me convence por ter sido salvo na guerra, após ter perdido a parte mais preciosa de mim. Só quero agora ser enterrado ao teu lado, minha doce Maria Rosa.

Com amor,

Lucas

Campos Altos, 12 de julho de 2005

Querida Vera,
Lúcia Boonstra

Estou sofrendo do mesmo mal de D. Cândida Raposo, a amiga da nossa querida Clarice Lispector. Neste ponto, você deve estar se perguntando "Quem?!". Não importa!

É um mal desconfortante, que afeta não só o físico, mas também o emocional e que muitas vezes embota os seus pensamentos, já que você os percebe meio desembestados... Você sente um enorme desejo de cavalgar aquele garanhão. E quando digo cavalgar é realmente alargar suas pernas sobre aquela montaria quente e pulsante e, simplesmente, galopar.

Pronto! Taí todo o pensamento tresloucado dessa mulher de 75 anos... Mas o que posso fazer contra isto?! Me assalta...

Você sabe que eu não tinha estas vontades. Sempre fui comedida. Discreta!

Mas, e agora?! Meus lindos olhos verdes se foram... Olho para as paredes à procura da minha história e me perco em algumas fendas do tempo. Meu corpo mostra pregas e limitações que eu não reconheço.

Como dona Cândida, gostaria de ser receitada. Entretanto, tenho receio de ouvir as mesmas palavras que ela ouviu: "Não há remédio, minha senhora".

Sei que este mal não a acomete, porque você tem sempre se precavido e sei que sempre conta com seus alívios.

Muitas vezes, me vejo perdida por estreitas ruas, das mais diversas cidades, sem, entretanto, achar uma saída. Lembro-me da Sra. Jorge B. Xavier, perdida pelos corredores do interminável Maracanã.

Minha vida esconde estes lapsos recorrentes; assim como a maquiagem que uso para tentar camuflar o passar dos anos.

Gostaria de ter encontrado estas duas senhoras. Quem sabe teríamos tido coragem, em algum momento, de trocar confidências sobre esta situação tão inapropriada para senhoras tão anônimas.

Com uma certa constância, noto que me perco também nos corredores da minha mente. Guardo um enorme Maracanã dentro de mim.

Será este mesmo o caminho do envelhecer?!
Venha me visitar. Saudades de saber de você.

Abraços,

Milka

São Domingos do Capim, 17 de agosto de 2022

Querida Lucinha,
Lucinha Amaral

    Hoje senti saudades suas, saudades de um tempo em que tudo era felicidade. Nossa casa grande, às margens do igarapé Capimirim, sempre pintada de verde, a cor que meu pai amava. Fogão a lenha, na cozinha coberta de palha, o cheiro de lenha queimada e do café saboroso de minha mãe dava todo um significado para nossas manhãs, para nossa infância.

    Lembra, Lucinha, que havia uma época muito especial, que era o período de manga? Uma única mangueira nas proximidades, enorme, linda, frondosa, seus frutos deliciosos eram disputados por todas as crianças das redondezas, era muito divertido.

    Crescemos! Começamos a acalentar outros sonhos: primeiro, em contato com a televisão, você se apaixonou pela profissão de repórter, o quintal de casa se transformou em uma redação. Dali criávamos todos os tipos de notícias e, muito empolgada, você trazia as notícias meio atrapalhadas, mas se sentia uma jornalista, até descobrir que jornalista tinha que cobrir guerras, tiroteio, enfim, até descobrir que a vida de jornalista não era só beleza. Deixou a ideia de lado, desencantou.

Depois, você quis ser dançarina de cabaré. Essa é uma das partes mais interessantes de sua infância. Todas as vezes que lembro, me tira muitos risos. Quando conto para as pessoas, elas acham um absurdo, mas quando explico os motivos, tudo fica entendido. Coisas de televisão.

É engraçado, há um sentimento que perdura: sempre pensei a vida tranquila, em meio à natureza e sempre de pé no chão. Nosso pai era semianalfabeto, mas de uma sabedoria ímpar, e sempre nos colocou de frente com nossa realidade e no decorrer da vida nos pediu honestidade, retidão e lealdade com nós mesmos.

Lembra quando tecíamos os nossos cadernos de poesias das folhas em branco que sobravam nos cadernos de um ano para o outro? Procurávamos em livros antigos poesias de amor e transcrevíamos ao caderno para ler no final da tarde. Acho que éramos muito românticas, até sentíamos saudades do amor nunca vivido... Que engraçado! Já amávamos a poesia sem ter noção que ela estaria tão presente em nossas vidas.

E hoje, o que estamos a procurar?

A simplicidade no olhar.

Você percebe, Lucinha, como você é importante para mim? Você me deu esse olhar livre e sensível diante da vida.

Gratidão!

Lucinha Amaral

Urbano Santos (MA), 30 de agosto de 2022

Querida Mãezinha,
Manoel Carvalho Ramos

Meados de 1953. Dia 25 de junho. Nasci. Mas não era o tempo certo de nascer. Parto prematuro! E aí, minha querida Mãezinha, começou sua *via crucis*.

Quando a senhora embalou-me em seus braços e percebeu que meu corpo inteiro não atingia 30 centímetros de comprimento, chamou minha Avó materna e entregou-me — segundo relatos maldosos — para que eu não viesse a falecer em seus braços! Mas, para surpresa de todos, eu sobrevivi!

Minha Avó, a despeito da vida difícil que levava, cuidou muito bem de mim.

Hoje, prestes a completar 70 anos de vida, escrevo-lhe para agradecer-lhe por ter me dado a vida e para dizer-lhe que a perdoo e que jamais duvidei de sua versão nesta história. Entretanto, quero também agradecer à minha Tia Teonília e à minha Avó materna, Maria, que cuidaram tão bem de mim, dando à minha embrionária vida o sopro necessário para que eu continuasse vivendo e me transformasse no homem que hoje sou: pai em dose dupla e avô de dois netos maravilhosos

Rodrigo e Rafael Júnior que, sem sombra de dúvidas, continuarão minha existência aqui na Terra.

Beijos carinhosos às duas: minha Mãe e minha Avó, que me concederam o privilégio de possuir duas Mães e desfrutar os afagos maternos em dose dupla.

Manoelzinho

P.S.: Brevemente nos encontraremos e teremos a eternidade para matar as saudades!

Florença, 21 de março de 2009

Estimado amigo,

Márcia Alamino

A viagem está ótima
E, para contar as novidades,
Vistas em cada cidade
Não posso deixar de lhe escrever

Para tanto, fazendo do ato um encanto,
E mostrar a beleza da Cultura
Comprei na Itália lindos papéis de carta
Emolduradas por iluminuras
Querendo agradá-lo de cara

Em Londres adquiri
Um lacre com a inicial gravada
Acompanhado de cera escarlate.
Pretendendo escrever com arte
Levei minha caneta de pena dourada

Mas os dias mostram-se curtos
No tanto que tenho de cumprir
Quando chego ao quarto
Caio na cama e só quero dormir

Hoje consegui um tempo
Algumas linhas ponho a escrever
Pode ser que eu chegue antes
Que a carta chegue a você
Preciso dizer que sinto sua falta
Sua companhia faria a viagem
Muito mais proveitosa.
Isso não é clichê.

Ainda faltam alguns dias para retornar
Porém adianto que levo na mala
Frios e queijos para degustar
Ficando os vinhos para você providenciar
Tenho muitas fotos para mostrar
E saudades para matar

Termino por aqui
Os olhos começam a pesar
Amanhã a jornada será longa
Agora tenho que descansar

Até breve, grande abraço,

Seu amigo-irmão

Brasília, 29 de agosto de 2022

Leléo, meu querido!!!
Márcia Bicalho

    Pai, meu amor, já faz um tempo que não nos falamos... Faz dez anos da sua partida e quanta coisa para contar! Sua filha é "doutora" e como eu queria que você estivesse lá para ouvir a defesa da minha tese. Possivelmente entenderia muito pouco das questões acadêmicas, mas seria um sustentáculo no auditório. Já não moro mais na "cobertura em frente ao mar", voltei para meu amado Cerrado. Em meio à poeira vermelha, eu sou mais feliz. Seus netos estão formados! Isso mesmo, Leléo! Já não são mais crianças e sim um químico e uma psicóloga. Ah! E ela foi a única a tirar a CNH de primeira. Assim como você, ela dirige bem, mesmo que não tenha muita confiança.

    Pai, me reconciliei com a Jaqueline. Como sabe, por muitos anos estivemos separadas por desavenças e por influência daquele que não merece ser nomeado, mas agora viajo sempre para visitá-la e não tem uma só viagem em que você não seja motivo de nossas conversas. O tempo é um verdadeiro terapeuta quando estamos abertos a ouvi-lo e hoje sou mais feliz tendo uma irmã.

Passamos por momentos difíceis! Uma pandemia assolou a humanidade, você deve ter visto daí de cima. Isolamento, tristezas e muitas perdas de pessoas amadas, contudo ainda estou aqui, com cicatrizes, mas fortalecida. Jamais imaginei passar por momentos tão complicados.

Ah, pai! As pessoas estão tão intransigentes e hostis! Nosso povo já não é tão amoroso e acolhedor como antes. Agora tudo é motivo para brigar e revidar, nesse ponto está chato demais!

Bem, eu nunca quis me despedir. Juro que pensei que você tinha sido escolhido por Deus para ser eterno, mas eu estava errada. Breve estaremos juntos para aquele abraço apertado, para boas risadas e quem sabe fazer um "feijão caprichado".

Até breve! Sua filha preferida! (nada modesta)

Márcia Bicalho

São Paulo, 31 de julho de 2022

Prezado professor
Marco Antônio Palermo Moretto

Boa noite.

    Estive no museu há alguns anos. Ele estava aberto para visitação, e depois de percorrer várias salas vi a foto na qual você estava. Muito antiga, datada de 1942. Junto a você mais dezessete, sendo catorze mulheres e quatro homens, incluindo você. Em um primeiro momento, achei a foto muito bonita, bem conservada. Era a foto típica de outros tempos com a devida valorização do docente. As roupas de todos muito bonitas, limpas e adequadas à época. Como também sou professor, imaginei-me ali naquele momento, talvez uma comemoração especial, uma data festiva. Não havia informações sobre isso. Mas vocês estavam todos felizes, com o sentimento de satisfação e de que ali era o correto lugar para todos. O diretor da escola deveria estar nessa foto, em pose digna e respeitosa, como deve ser. No entanto, foi sua imagem que chamou minha atenção. Um porte bonito, de terno e gravata, com um lenço branco no bolso à esquerda, pernas cruzadas e mãos também cruzadas sobre as coxas. Elegância, boa postura. O cabelo bem penteado com algum tipo de produto. A juventude no seu auge.

Fiquei imaginando você (gostaria de chamá-lo de senhor, mas é tão jovem!) na sala de aula, escrevendo na lousa, o giz sujando a roupa, os alunos todos quietos ouvindo suas palavras, que fluíam com conhecimento. Todos de uniforme, sentados em carteiras de madeira que poderiam conter dois alunos por vez. Sem conversas, com respeito e vontade de aprender, valorizando cada pedacinho de sabedoria que compunha sua personalidade de educador. Senti uma imensa vontade de ser professor nessa escola, ali no centro de uma pacata cidade do interior de São Paulo. Imaginei nossas conversas na sala dos professores, risadas de algum acontecimento peculiar causado por algum aluno desavisado de que as regras devem ser cumpridas, sempre pelo bem da vida escolar. Imaginei também que pudéssemos ser amigos fora da escola, indo passear em algum parque ou até ficar no banco perto da igreja, depois poderíamos comer alguma coisa, e solidificar nossa amizade. Professores, amigos, companheiros. Porém, oitenta anos nos separam, um enorme abismo que não sei como seria transposto. Que bom tê-lo conhecido, mesmo que por uma simples foto.

Atenciosamente

Professor Marco Antonio Palermo Moretto

São Paulo, 30 de agosto de 2022

Amor sem data
Maria

Querido amigo leitor

Já passam de cem as cartas que eu e meu filho trocamos desde sua primeira internação! Crescemos com o sofrimento, curamos muitas feridas, acertamos quase tudo que precisava ser consertado...

Mas aquele dia não me sai da lembrança!!! Foi assim...

As primeiras horas do dia dezessete de julho de dois mil e dez foram marcantes para mim. Elas aconteceram com muitos anos de atraso. Ao mesmo tempo em que sentia que elas precisavam acontecer, eu as adiava, por não querer sofrê-las. Felizmente, ou infelizmente, elas chegaram com toda aquela carga de sofrimento, e põe sofrimento nisso. Foi como se abrisse meu peito para uma cirurgia do coração e sem anestesia! O recado da cena daqueles moços musculosos, levando meu filho para a internação numa clínica, foi: "Você não manda em nada nesta vida!".

Alguém já havia me advertido sobre minha impotência com relação à vida de outra pessoa. Quando muito, posso construir a minha história, e olhe lá...! "Assumir, minha impotência!". Como assim? Por quê? Controlando já é complicado. Imagine se eu largar as rédeas? "Viva e deixe viver!". Impossível!! Como deixar uma pessoa dar fim à vida usando drogas? "Ele tem que chegar ao fundo do poço para sentir que perdeu tudo e só então pedir ajuda!". Fundo do poço? Tentando entender, concluí que no fundo do poço tem areia, é firme, ele pode dar um impulso e subir, mas pode se afogar! "Na sua casa, quem manda é você! Se ele quiser fumar ou cheirar, que vá fazer isso na rua... Se for preciso, chame a polícia... Seja forte... Enfrente a crise...".

Na minha cabeça, frases lidas e ouvidas, pensamentos atormentados!

Caro amigo que está lendo estas mal traçadas linhas! Enfrentei? Fui forte? Fiz a escolha certa? Nem sei... Só sei que não deixei de amar meu filho! Aliás, nunca vou deixar...

Estava internando-o para salvá-lo.

Se eu não conseguia entender o que realmente estava acontecendo, imagine ele. Estava limpo havia umas 24 horas, acabando de desligar o computador, vindo pelo corredor, em direção à sala onde eu, fingindo que assistia à TV, aguardava ansiosa os moços da clínica chegarem... Então...

— Ei, caras, o que estão fazendo? Pai, Mãe, me ajudem! Vocês vão se arrepender...

E lá se foi meu filho, arrastado por aqueles gigantes, no meio da escura noite gelada!

Falei bem alto, quando ele entrou naquele carro:

— Estamos fazendo isso para o seu bem! Nós amamos muito você!

E lá se foi ele para a clínica e nós, eu e meu marido, ficamos sem rumo, atordoados! Ainda bem que os outros dois filhos, também muito amados, entraram logo depois. Estavam escondidos na escuridão da rua, aguardando o irmão sair. Não queriam se envolver diretamente...

Pagamos pra ver e vimos... Vimos nosso filho internado numa clínica para tratamento de viciados em álcool e drogas, um adicto, um dependente químico, como se diz hoje, para amenizar o problema, afastado do convívio social, como um prisioneiro! Longe de todos e de tudo, o tudo aqui entendido como noitadas alegres, bebidas, drogas, amigos, mulherada, gargalhadas e muitas outras aventuras mais...

O calmante oferecido carinhosamente pela minha nora começou a fazer efeito e, cansada de chorar e de pensar naquela cena, pedindo a proteção de Deus, sentei-me na cama, recostada nos travesseiros e...

Caro amigo leitor, onde quer que você esteja, espero que esta carta lhe seja útil de alguma forma, servindo como alerta ou conselho!

Se um de vocês foi ajudado, já ficarei muito feliz!

Abraços de uma mãe que aprendeu, a duras penas, a viver a vida dela!

Maria

Crato, 3 de agosto de 2022

Inesquecível Manuel,
Maria de Fátima Fontenele Lopes

 Revirando a minha caixinha de memórias guardadas a sete chaves no fundo do meu baú, encontrei uma antiga fotografia em preto e branco. Lembro-me como se fosse hoje quando o fotógrafo, com a sua antiga máquina lambe-lambe, fotografou a nossa imensa felicidade e o nosso terno sorriso. Sentados naquele tão nosso banquinho de cimento da pracinha da matriz, da nossa pequena e pacata cidade natal, onde costumávamos andar de mãos dadas, ouvir o canto dos pássaros, contemplar o jardim florido, comer algodão-doce e pipoca do nosso velho amigo pipoqueiro.

 Muitos anos já se foram, mas guardo aquele dia como um dos melhores que já vivi. E hoje, aqui sozinha, ouvindo o canto do sabiá e recordando tudo que vivenciamos, bateu uma enorme saudade, senti o mesmo friozinho na barriga, pernas bambas e o meu coração disparou tal qual aquele dia.

 E agora, lembrando-me do meu primeiro amor, que o destino encarregou-se de separar de um jeito tão brusco e doloroso, faço esta saudosa cartinha com os olhos marejados de lágrimas e escrita com os dedos trêmulos de emoção, com o ardente desejo que chegue até as tuas mãos, que se encontram muito distantes de mim, infinitamente longe, bem além do meu alcance, das minhas carícias, dos meus beijos e do meu calor.

Finalizando, quero dizer-te que o meu amor ultrapassa todos os limites da vida e do morrer. Que esta missiva, escrita do mais íntimo da minha alma, chegue a ti como prova de que permanecerás nas minhas indeléveis lembranças e no meu saudoso coração.

Para sempre a tua

Mariazinha

Crato, 15 de agosto de 2020

Jean Benício,
Maria de Fátima Fontenele Lopes

Hoje, 15 de agosto de 2020, escrevo para você, meu amado neto, estas linhas em um momento de muita aflição. Estamos em plena pandemia da Covid-19. Encontro-me em confinamento por tratar-se de um vírus altamente perigoso, contagioso e letal. Os meios de comunicação, com seus noticiários, deixam as pessoas em pânico, principalmente os idosos, assim como eu.

O mundo está em alerta. Muitas mortes, falta de assistência médica, de medicamentos e oxigênio, doentes nos corredores dos hospitais, outros abandonados em casa e muitos morrendo nas ruas. Uma verdadeira e cruel devassa de vidas. No meio de tanto sofrimento e dor, a busca científica da vacina. Enquanto isso, cada um se livra como pode: famílias separadas, uso constante de máscaras e álcool em gel.

Os profissionais lutam incansavelmente para salvar vidas. Muitos são contaminados e alguns morrem. O pavor se alastrou entre os povos mundialmente. Nesse turbilhão, também estou amedrontada com a doença por estar com sessenta e seis anos e com comorbidades. Ansiosa e afastada da família. Tão perto e ao mesmo tempo distante de você, meu querido netinho. Sinto-me perdendo seu crescimento e suas primeiras palavras.

Sei que sente a ausência de cada um sem compreender os fatos. Com o passar dos anos entenderá que foi necessário para que todos permaneçam juntos no futuro. Está sendo muito difícil para eu permanecer longe dos filhos, netos e dos que amo. Acredito que tudo logo passará e que Deus, na sua infinita bondade e misericórdia, dará alento para cada um de nós e conforto para os que perderam seus familiares.

Espero que um dia esta cartinha chegue a suas mãos como parte de minhas memórias e como história que um dia você irá contar para uma nova geração. Com muito amor, aceite o meu carinho e um saudoso abraço.

De sua vovó,

Fatinha

Senhor dos Cravos, 18 de agosto de 2022

Maria,
Maria Fulgência

Era final dos anos 1970 e aquela música, tão repetida, ajudou a fixar sua tragédia em minha lembrança: "Foi tudo culpa do amor". Nunca soube exatamente o que ocorreu. Sobre o assunto, só ouvi palavras sussurradas, frases balbuciadas, olhares trocados completando o não dito.

Você estava noiva, preparando enxoval para casar com um rapaz trabalhador. Sabida, tinha estudo, fez teste para caixa numa loja grande, aberta na cidade. Passou e foi trabalhar, queria juntar dinheiro para a festa. Antes não tivesse passado! Era bonita, bem-feita de corpo, cabelão preto, na cintura. O filho do patrão botou o olho, foi o mesmo que passarinho no visgo. Mas você amava o noivo, não deu bola. Hoje ainda tem homem que não lida bem com um não. Antes você fosse feia! Pois o infeliz armou tudo: Se não fosse dele, não seria de mais ninguém!

Seu desaparecimento colocou em polvorosa a família, a vizinhança, a cidade. Não voltou do trabalho no horário costumeiro, chegou a noite e nada. O dia amanheceu, no trabalho ninguém sabia notícia. A polícia foi acionada, fez varredura na cidade. Nada! Teria fugido com outro? Absurdo! Você era tão devotada ao noivo!

Quando a encontraram no horto, despida, braços e pernas abertas, amarrada nas bananeiras, no corpo as marcas da luta, a calcinha enfiada na garganta. Não bastava tudo que fizeram. Nem sequer pôde gritar por socorro, praguejar, amaldiçoar os algozes! Ainda mataram.

Minha imaginação de adolescente trabalhava de forma extraordinária para preencher as lacunas e encontrar sentido naquilo que precisava compreender. Mas nada fazia sentido. Só o medo das mães e a determinação de trancar em casa as filhas, temendo que acontecesse o mesmo que se deu com você e com tantas, milhares de outras garotas nesses quase cinquenta anos!

Agora, para que você descanse em paz, eternizo sua memória nesta mensagem. E, toda vez que ela for lida, se acenderá uma chama para iluminar sua volta para casa.

Adeus,

Madalena

Le Jules Verne, Torre Eiffel, Paris
28 de setembro de 2022

Um amor para a vida inteira

Mariana Bagatini

A,

Eu já te escrevi cartas de amor, mas acho que esta é a mais especial. Já que é a última. Percebi hoje que se eu fechar meus olhos vejo teu rosto perfeitamente. Sei quantas ruguinhas tens embaixo dos olhos, como franzes a testa enquanto pensas, como cobres teu sorriso com a mão toda vez que ris, porque mesmo depois de todos esses anos, tu continuas odiando-o.

Meu coração se despedaça por ti, se quebra e se reconstrói um milhão de vezes. Sem reclamar um segundo. Eu atravessaria oceanos só para ficar um minuto contigo. Eu iria à Lua por ti. Sinto que as minhas borboletas acordam e ficam em festa só de pensar em ti. Todas as vezes. Porque eu preciso de ti assim como preciso de oxigênio para respirar. Tal oxigênio que corre no meu sangue e que a abstinência de ti me causa um ataque cardíaco por tua falta.

Ter-te comigo nessa vida foi um prazer enorme. Ter o privilégio de te ver sorrir foi a razão de toda a minha existência.

Ter a oportunidade de te ver achar a felicidade me fez perceber que viver valeu a pena. Ter a chance de te abraçar curou as feridas mais profundas da minha alma.

Tu és bom. Tu és gentil. Tu és benevolente. Tu és tudo o que eu sempre sonhei e almejei de um amor para a vida inteira. Mas eu não tenho uma vida inteira. Às vezes, a vida faz dessas, faz os ventos mudarem quando tudo o que eu queria era que continuassem na mesma direção.

Hoje, eu me encontrei em um dos meus lugares favoritos no mundo inteiro. E eu te vi em cada metro quadrado daqui. Eu estou cercada de música, comida, cultura, pessoas, arte e penso a todo momento em como quero te mostrar tudo isso, toda essa imensidão histórica com pedaços de ti em toda a parte. Mas eu sei que tu não me queres por perto agora.

Eu tenho que ir. Não se preocupe, as luzes vão te guiar para casa.

Espero que um dia tu entendas o tamanho da minha imensidão por ti,

Que entenda como eu tentei ser suficiente.

Sempre sua,

M.

Uberlândia (MG), 8 de outubro de 2022

Minha amada Ornilda, meu Ad aeternum bem-querer!

Mário Antônio

Meu grande e eterno amor!

Por onde andas? Ah... você nem faz ideia do quanto eu tenho te procurado... centenas de dias, milhares de horas...

Eu te procurei e continuo procurando por todos os lugares por onde passei, porém... só deixaste pistas vagas, e eu as vislumbrei até onde meus olhos enxergaram, até onde minhas pernas alcançaram...

Eu te procurei nos fúlgidos raios do sol do amanhecer, nas tímidas horas de dias chuvosos, nas noites enluaradas, nos braços de estrelas cintilantes, no colo de um arco-íris e no aconchego de uma brisa...

Eu te procurei no perfume das flores, no gosto da terra molhada, nas margens de um rio tranquilo e nas ondas bravias de um mar nervoso, no barulho de uma cachoeira e no balanço de uma rede inquieta...

Ah, como eu te procurei e continuo procurando!

Você não tem ideia do passar de décadas infindas, fixando o olhar em cada rosto de mulher à procura do seu...

E continuo buscando em todos os pares de olhos os teus olhos azuis de céu, céu de amor, cheios de pudor. Procurei desesperadamente em todas as faces a forma indescritível do teu riso entre covas...

Onde estás? Aquele riso de criança que me arrebatou para sempre, que me enlouqueceu de amor e, nesta insânia loucura, eu te procurei por todos os jardins e acariciei todas as flores e afaguei todas as rosas...

As rosas... Ah, as vermelhas, minhas preferidas, minhas digitais percorreram incansavelmente milhares de pétalas, buscando encontrar aquela onde um dia escrevestes "Eu te amo".

Ah, você não imagina quantas vezes tive que chorar ou conter as lágrimas pensando em você, quantas vezes eu me peguei te abraçando, te acariciando os louros cabelos, sentindo teu cheiro...

Ah, minha amada! Você não imagina quantas vezes eu gargalhei, no desvario delírio de estar te beijando, sussurrando ao teu ouvido lindos poemas de amor e suaves canções de saudades, saudades de ti...

Meu grande e eterno amor!

Por onde andas?

Quanta demora!

E, neste eterno sonho, eu continuo te procurando em todos os lugares por onde ando, nas filas de esperas da vida, nas noites chuvosas e nos dias de sol, no canto de um pássaro ou no som das asas de uma borboleta...

É... Já se passaram cinquenta e dois anos!

Meio século...

Sim... Este é o tempo da minha procura.

Mas o meu amor, que é eterno, continuará te procurando por toda a eternidade. Hei de encontrá-la, eu acredito...

E, nesta busca incansável, nesta crença inabalável, eu te sinto na inspiração dos meus poemas, na magia dos meus textos de amor, que alimentam minha alma.

Meu *ad aeternum* amor... Minha eterna menina...

Minha Ornilda!

Mário Antônio

Novo Hamburgo, 28 de agosto de 2022

Meu neto Gael, que, como o sol, aquece os meus dias e o meu coração

Marisa Prates

Talvez possa ser
que num dia qualquer
venha em tua lembrança florescer
a cantoria das nossas rimas
inventadas e engraçadas
em horas bonitas de tua infância
talvez possa ser que num dia qualquer
estejas brincando com teu filho
de jogar palavras ao vento
que rimem com seu Bento
ou quem sabe cata-vento
e por que não um cão sarnento
e o teu sorriso me busque
numa nuvem que se forma e desforma
e outra figura inventa
e nesse momento me encontre
no brilho do olhinho do teu menino
a brincar de inventar noutro tempo

talvez possa ser que num dia qualquer
eu esteja naquela rima da vida
em que vó vira bisa
ou talvez estrelinha que brilha
ou saudade com cheiro de mar e de brisa
das brincadeiras com a sua vó Marisa

Cruzeiro, 28 de agosto de 2022

Eu do passado
Marlene Godoy

Está com dezesseis anos! É uma adolescente sonhadora e apaixonada que acredita no verdadeiro amor. Sonha com o namorado, que é seu vizinho de frente e que trocam beijos e carícias escondidos do seu pai, que é bravo e não quer sua filha namorando às escondidas. Devo confidenciar que este momento sonhador que está experimentando serão os melhores da sua vida e ficarão lembranças que eternizarão no seu íntimo para sempre, que as decepções que sofrerá vão tirar de você a inocência de uma adolescente sonhadora e idealista. Devo alertar que crescer dói, mas depois que isso acontece é libertador. Um dia sentirá saudades da adolescente que namorava no portão, dos beijos quentes que trocava de maneira ousada com aquele seu vizinho de sorriso largo que a envolvia em abraços quentes que despertavam paixão e desejo, da menina pura que esperava encontrar no primeiro amor o príncipe encantado. Ele será sua maior decepção! Depois dessa experiência, não confiará mais em ninguém. No início, sofrerá muito o distanciamento desse amor que tomou conta dessa menina-moça que se apaixonou mais pela história que criou do que pela realidade dos acontecimentos. O tempo que eterniza as lembranças trará novas experiências.

Vai casar duas vezes!

O primeiro casamento será uma mistura de aconchego e proteção. Será uma experiência curta e intensa. Aprenderá que o verdadeiro amor transcende a paixão e que é preciso se doar para proteger o ser amado nas horas de vulnerabilidade, que é preciso desapego para libertar quem ama para que ele siga seu destino, mesmo que seja além da vida. O segundo casamento será mais longo e exigirá de você paciência para superar as dificuldades desse relacionamento que é um resgate de vidas passadas. Essa pessoa é amorosa e com o tempo aprenderá a lidar com as diferenças. E com a maturidade que traz sabedoria viverá um dia de cada vez sem criar expectativas.

Com carinho

Você no futuro

Osasco, 28 de agosto de 2022.

Querida Val,
Marli Beraldi

  Como seria bom se aqui você estivesse. Contaria as novidades em um telefonema matinal. Ouviria as suas piadas sempre com muito riso no final.
  Far-lhe-ia uma visita rápida, levar-lhe-ia pães de queijo, você me faria um café tão fraterno como um beijo.
  Recordaria os bons momentos, as nossas lutas e conquistas. Acompanhei a construção de seu lindo sobrado, o nascimento dos meninos Carlinhos, Xande e Cristiano, priminhos tão adorados.
  Lembro-me das tardes ensolaradas em clube muito vistoso, também dos banhos de mar, dos passeios pela feira, são tantos momentos bons que é difícil de enumerá-los.
  Você me acompanhou em todos os momentos desde os dias mais remotos, dos anos de internação em uma infância sofrida, vestida de anjo para pagar promessa em uma longa procissão, você estava presente penteando os meus cabelos, junto com a prima Vani, guerreira e, ao mesmo tempo, delicada.
  Lembra-se da minha primeira formatura? Lá estava você nessa louca aventura. Quem fez o bolo de meu casamento?

Com todo o carinho, por você ele foi feito. No banho de meu primeiro filho, você estava presente.

Como seria bom se aqui você estivesse, poderia ver como estão tão lindos, seus netos já estão formados.

Partiu tão cedo, minha linda, e chegou o momento mais triste. Nosso último abraço foi em um triste hospital. Acabou-se nossa aventura.

Você ficaria feliz neste momento tão lindo hoje, pois foi o lançamento de meu primeiro livro em uma importante livraria! Quem poderia imaginar!

Sei que nesse momento tão singular, de uma forma ou de outra, você esteve presente, no sorriso de seus netos, na integridade de seus filhos e, com toda certeza em nossos corações, sentimento de gratidão e de alegria por ter lhe conhecido!

Com amor,

Marli Beraldi.

Itapetininga, 10 de janeiro de 2016

Amora,

Mayara Shiguemi Nanini Horiy

Como está tudo por aí? Os dias ainda são gelados ou conseguiu aquecer a alma? É muito estranho escrever em um tempo que não é totalmente meu, mas a verdade é que isso foi necessário. Melhor pular três anos em um segundo, do que atrasar mais três da nossa nada mole vida.

Espero — de todo meu coração — que os dias tenham sido menos dolorosos. Hoje tudo está nebuloso, mas acredito fielmente que a cor da amora será estampada a qualquer momento. Não sei se como em um filme antigo, como sempre sonhamos, mas talvez de uma forma tênue e simples. Você sentirá.

Na verdade, estou fazendo o possível — e o impossível — para você entender que o amor não se associa à dor. Eu sei que é difícil e rasga a alma, mas não é impossível. Sabemos que as pessoas passam por nossa vida e deixam marcas. Tais marcas são levadas em nosso interior e criam lembranças. Você pode usar tais lembranças para viver um martírio ou para colorir o mundo. A decisão está em suas mãos. Eu rezo todo dia para que você possa se reerguer, mas, infelizmente, terei que deixar você suportar todas as decepções.

Posso dizer que essa não é a terceira, nem última dor. Outras se debruçarão sobre seus ideais e cobrarão muita coisa de você. São incontáveis as vezes que você precisará recomeçar. O bom é que você não desiste, então, recomece sem pensar.

Sabe aquele amor que dói? Deixe passar. Aquela lembrança que corrói? Deixe voar. Aquele sonho que você apagou? Renove-o.

Eu não tenho muito tempo para entrar em detalhes. Também nem poderia. Só quero que, saiba que por mais frágil que pareça, você ainda tem força para lutar. Não ligue para o que vão dizer, nem se importe com quantas vezes sangrará. Diga para o coração que está tudo bem e esteja em alerta.

Não vejo a hora de conhecer o seu sorriso vermelho. Olhe para todos os lados e acredite no seu instinto. Se você não tivesse vivido a dor de ontem, teríamos que atrasar sua descoberta de amanhã.

Ame, mesmo que possa parecer cafona. Acredite no Amor, mesmo que ainda doa. Não deixe morrer sua única chance de ser feliz.

Amore-se e siga. Esteja sempre *Amor&Ando*.

Não se prenda ao que fomos, mas também não se esqueça que toda essa dor nos transformará no que seremos amanhã.

Um beijo avermelhado e quentinho!

Amorinha

Onde a saudade grita, 12 de novembro de 1995

Querido abrigo,
Mi Rezende

Eu mentiria se dissesse que fui indiferente ao seu abraço. É que alguns corpos são feitos para abrigar outros com um aconchego que vai além do físico, alcançando a alma. E no seu acolher certeiro, no seu abraço de mundo inteiro, me vi inteiramente abrigada.

Também mentiria se dissesse que não quis quebrar o relógio e amassar o calendário quando voltar à rotina já era inevitável. Aquele inverno se tornou brasa — especialmente dentro do peito —, e nunca estive tão aquecida. Mesmo longe demais dos meus lugares seguros, despida das armaduras e colocando à mesa todas as cartas mais íntimas.

Com sensibilidade, você abraçou as vulnerabilidades e tirou para dançar as certezas mais escondidas, me fez zombar do receio de mergulhar e mergulhei — cabeça, corpo, essência e alma. Se um dia me roubaram a intensidade, já nem lembro. Viver só vale a pena quando se rasga o peito. Viver só vale a pena se deixarmos fluir. Se for para amar inteiro, dividir momentos e fundir imensidões.

Eu mentiria se dissesse que aquele tempo contigo é só mais um fragmento do passado. E que encarei a cruzada de caminho como mera coincidência, cuja nitidez dos fatos se esvai com o tempo. Mentiria, ainda, se negasse que os dias ganhavam tons de eternidade sob o meu olhar talvez sonhador demais, e afirmasse, por fim, que a conexão jamais pegou o coração de jeito. Mentiria se dissesse que as dezenas de rascunhos que escrevi sobre alguém que chega para somar e todas as músicas que suspirei sem querer ao escutar e todo o futuro que ainda planejo em segredo... nada tem a ver com você.

Com toda a intensidade que seu riso fácil fez transbordar,
e toda a saudade que hoje grita,
sua moça das estrelas.

Americana, 9 de maio de 2021.

Querida Bela,
Mila Bedin Polli

  Este seria o segundo Dia das Mães com você. Mas, desta vez, seria especial porque eu ganharia teus beijinhos e te abraçaria bem apertado. Eu vou ser tua mãe para sempre, mesmo as pessoas se esquecendo de você. Eu não vou te esquecer jamais. Eu te senti, te carreguei no meu ventre. Ouvi teu adeus muito antes de você partir. Como eu te quis, filha. Como eu te desejei. Como eu lutei para te segurar aqui e poder olhar teu sorriso pueril. Queria poder tocar tua pele e te ver crescer. Mas não deu para lutar contra a mãe natureza. Ela foi mais forte do que eu. Arrancou você de mim. Não consegui.
  Você foi embora e levou meu coração contigo. Você me ensinou que amar pode doer também. E como dói. Dilacera. Rasga as entranhas, amarga a gente toda. Viramos um amontoado de cacos que insistem em descolar com a umidade das lágrimas salgadas. Elas derreteram minha doçura. Envolveram-me num mar de saudade que não tem fim. Nunca mais fui a mesma. Você é parte de mim. Eu te amo para sempre, Bela. Cubra-me com tuas asas e olhe por mim;

olhe por nós: pelo teu pai também, pois ele sofre em silêncio. Aconchegue-nos em você. Nós temos de seguir adiante, apesar de toda dor que nos avassala... Afinal, o fim da tua missão foi o início da nossa. E ela precisa ser maior do que nossa dor.

Tua mãe

Serra dos Ventos, 22 de dezembro de 2022

Uma carta para o meu medo

Mirelle Cristina da Silva

Confesso que não gostaria de falar com você. Sim, não gostaria de falar em hipótese alguma! Quem me dera esquecer que você existe, pois assim meus dias seriam mágicos. Aliás, os dias de todo mundo: pessoas e animais. É, pensando bem, os animais também sentem medo. Já vi cachorros, gatos e passarinhos se assustando por aí. Você não perdoa ninguém. A cada um, atordoa de uma forma.

Você bem que poderia se afastar de mim por um tempo. O que acha? Bem que poderia ceder a vez para a tranquilidade. Daria um belo abraço nela. Você definitivamente já pode se retirar. Que história é essa de me deixar apavorada sem saber se vou ou se fico? Confesso que a insegurança que lançou em mim me deixou fora do eixo. Avançar ou recuar? A vida é feita de escolhas, mas você complica as coisas de forma imensurável. Quando menos espero, estou em suas mãos.

Senhor Medo, encarecidamente, pare de me assustar no escuro, em ruas desertas e abandonadas, na cadeira do dentista, nas alturas, na sala de espera da consulta médica, na areia da praia, diante do mar. Sim, o mar começou a me apavorar também. Por sua causa, eu o observo de longe, quieta, encantada e receosa. Por favor, vá embora! Iria me agradar muito viver a vida sem a sua companhia.

Sem mais

Menina da Serra

Arcturus, 14 de fevereiro de 3001

Amado Moacir,

Moacir Angelino

Hoje voamos na nova nave Pulse em direção a Sirius e tivemos uma bela surpresa quando estivemos em sua órbita. Eu e Heloisa vimos você pela tela do Computador JCN, ainda no ano de 2019, quando você estava em trabalho de vibração pela saúde da mãe de sua amiga Mara. O trabalho foi muito satisfatório e produtivo, pois conseguimos naquele momento fazer o que era possível.

Lembrei que este trabalho já tinha sido visto pela prima Dulce no ano de 1982 quando ela, em premonição, viu você vestido de médico, vibrando para fazer o melhor.

A viagem na Pulse foi tranquila e a fizemos ao som de *The power of love* (do filme *De volta para o futuro*) e *Coming back to life*, do Pink Floyd.

Meu presente para você no dia de hoje são duas palavras xavantes (não é por acaso que seu nome é indígena) que são: *Rosawéré* (sonhar) e *Rosa'rese* (conhecer).

Espero que você mantenha seu sonho sempre em harmonia e possível de alcançar. Para que isso aconteça, você deve se conhecer e fazer o seu melhor na busca do bem e do Amor.

Que a Paz esteja presente.

Feliz Aniversário!

Conte comigo, pois somos todos Um.

Muita Luz!

Moacir Angelino

São Paulo, 24 de março de 2022

Olá, Dois Gatos,

Mônica Peres

Meu coração sufoca cada vez que imagino sua vida neste instante!

Amor, alegria...

Não consigo me desligar, saber que está bem sem mim!

Dias de sol me angustiam, te imaginando em cenários felizes...

Dias de chuva me angustiam, te imaginando no aconchego de sua cama fazendo amor com ela...

Quem será esse alguém que o encantou e o fez se esquecer de mim para sempre?!

Um passado cada vez mais distante de possibilidades e declarações.

Nas lembranças, ainda me resta um pouco de desejo pelo seu sorriso, olhar, abraço e, principalmente, por uma noite de amor que não aconteceu, mas que me provocou, em sonhos, muito prazer!

Tudo fugaz!

Para depois, momentos de ansiedade, tristeza, reflexões, incertezas, impossibilidades, diferenças e só desencontros.

Poderia ter sido diferente?

Ah! Todos dizem que não era para ser...

Sigo meu destino e me assusto, tenho medo do que vai dar?!

Assim como o tempo que descarrega o passado e caminha para além, irei te esquecer um dia e espero ser feliz.

Não consigo te desejar felicidades, porque você me encantou, desencantou, abusou e manipulou!

Ah! Era tão mais tranquilo antes de você!

Adeus, Dois Gatos,

Mônica

Rio de Janeiro, 15 de agosto de 2022

Aos meus bisnetos: Hugo, Alice, Luna e Cauê

Myrtô Mello

Qual o conselho que você daria para si mesma se pudesse voltar no tempo e se encontrar com 20 anos?

Como no túnel do tempo:

— Preste atenção, jovem! Sua primeira lição: tempo, lugar, circunstância determinam nossas atitudes na vida.

Assim...

— Tenha foco (*focus, focus!!!*) no agir, com determinação, conhecimento de suas capacidades, talentos. — Esperta!

— Quem é você? Está sendo, fazendo o quê com seu potencial? — Realize-se!

— Dedique-se à arte, acompanhe, escolha seus modelos, ídolos! — Inspire-se!

— Informe-se, por meios disponíveis, mas com o cuidado de ler. — Leia!

Só a leitura lhe dará asas à imaginação, mergulho na abstração, silenciosamente, como poucas formas de comunicação.

— Saia, viaje, comece pelo seu redor, a natureza que a cerca, conviva. A cada redescoberta, você se enriquece de prazer, saber. — Desperte-se!

— Faça esporte, seu corpo, sua mente, precisam ser tratados com segurança, coragem, alegria, desafio. — Esforce-se!

— Troque suas habituais "vestimentas" para atingir o que espera de transformações nos outros. — Transforme-se!

— Siga uma profissão, não só para seu sustento, também que se identifique. — Capacite-se!

— Aceite as pessoas, olhe-as como são, sem cortina de fumaça ou delírios de sua imaginação ou não... — Siga!

— Perdoe para ser perdoado, sem perder sua identidade. — Bíblico!

— Use a música, como fim ou meio em seus momentos, é companheira. — Ilumine-se!

— Ame-se, primeiro, para ser amado. — Entregue-se!

— Afinal, faça um coquetel com os bons ingredientes e trate de saborear a vida!

Myrtô, a Bibi.

Macondo, 20 de junho de 2022

Amapola,
Nádia Terruggi

Não nos despedimos direito. Mas não poderia ser diferente. Você seguiu a sua vida, eu tinha a minha a descobrir. Você já sabia dos seus desejos. Eu ainda tinha que saber dos meus. Ouvi-los. Senti-los. Vivê-los. Você aprendeu a sonhar desde pequena. Antes até, talvez. Eu vivia isenta de sabores que não estivessem intrinsecamente em mim.

Eu sei, você deve estar com aquele sorriso no canto da boca, pensando que isso já era uma forma de sonhar. Que isso já era uma maneira de romantizar a vida, ainda que... Agora eu posso concordar com você, entende? Se estava intrinsecamente em mim, era porque eu acreditava em algo mesmo sem ter vivido aquele algo. E sim, isso é sonhar, de certa forma. E de ser romântica. Admito.

Mas agora eu vi o céu sem a poeira da paixão. E devo dizer que a Lua é tão mais linda assim, desmistificada. Purificada? Autêntica? Não sei dizer.

Enfim... Eu precisava lhe contar que, na noite passada, vi um urutau. E você me falou tanto dele. Sim, é de uma tristeza de arrepiar a aura. As auras. Os ventos. Penso que quando canta um urutau, o mundo para. Não que seja o suspiro do mundo, porque são tantas as pessoas que andam alienadas.

Mas o vento, o céu, as estrelas, a Lua, as folhas, os anjos, as formigas, os vermes, os vírus, os bichos escrotos... acho que todos eles param. Para escutar. E não duvido que chorem. Porque é impossível respirar durante o cantar do urutau.

Mando notícias do meu próximo porto, ainda que sem mar. Guarde este abraço como se fosse aquele que não lhe dei.

Gioconda

São Paulo, 10 de abril de 2017

Minha pequena Amora,
Nádia Terruggi

Como hoje é seu primeiro Dia da Sobrinha e, portanto, meu primeiro Dia dos Sobrinhos como tia-coruja, escrevo esta primeira cartinha para que um dia a leia. Vá se acostumando, serão muitas as missivas e bilhetinhos que o Sr. Correios irá lhe entregar.

Então venha, sente aqui e me dê sua mãozinha que eu tenho umas coisas para lhe contar.

A primeira é sobre saudade, um sentimento que é tão doído, mas é também muito bonito — sim, às vezes acontece de uma coisa doída e bonita ao mesmo tempo. Como a que sinto do seu vovô, que foi ser a estrela mais brilhante no céu há alguns anos. A saudade que sinto dele é assim: doída e bonita.

Mas tem também um outro tipo de saudade, que é a que sinto de você. Dói também, às vezes — porque é grande a vontade de estar ao seu lado todas as horas do dia de todos os dias do ano. Mas dói de um jeito diferente, porque apesar de eu não estar fisicamente aí, por essas coisas da vida adulta que um dia lhe explico melhor, sei que, assim que possível, pego um ônibus e vou abraçá-la e beijá-la e amassá-la e lhe fazer carinhos sem ter fim. E esses tipos de saudade existem porque existe o amor, que é a coisa mais bonita e mais alucinante do mundo. Uma sementinha (que já parece amor, porque já era amor) que é plantada dentro da gente, e que vai crescendo, crescendo, e quando a gente acha que não dá mais para crescer, ela vai lá e cresce e cresce e cresce. Como este amor que sinto por você.

E há tanta coisa mais que eu quero — e vou — lhe contar. Mas são só histórias, porque os fatos mesmo, os sentimentos todos, o gosto que as coisas têm, você mesma vai experimentar. E conhecer. E se encher de suas próprias histórias para depois lembrar. E contar.

Então vai, minha Amora, vai ser feliz. Sua tia vai estar sempre aqui ou ali ou acolá, mas sempre por perto, sorrindo com você. Aliás, não há no mundo coisa mais linda do que você sorrindo.

Um beijo,

Sua Titi

Belo Horizonte, 28 de agosto de 2022

Uma carta para ti
Nella Ferreira da Conceição

Meu querido Zé,

Escrevo-lhe esta carta para aliviar minha dor! Havia tanta cumplicidade entre nós, que não vivíamos mais um sem o outro. Agora estou sozinha, depois de tantos anos. Sei que se foi para sempre! Como vou sobreviver a esta dor? Perder um amante, um companheiro!

Foram tantos encontros e desencontros, em que aprendemos a cruzar nossos corações, mesmo quando tudo parecia perdido. Eu te amei de tantas maneiras...

Nossa juventude feliz! Guardo a lembrança de quando eu era a sua menina de sardas no rosto, cabelo curtinho, magrita e dona de si. Era o início de um amor que perdurou.

Nós dois, ainda estudantes na Europa, trabalhávamos nas férias, fora do país. Andávamos muito de carona, de mochila às costas, vivenciando outras culturas. Lembra-se como era divertido, mesmo sem dinheiro?

Lembra-se, Zé, como gostávamos de contar histórias dos livros que líamos? Do livro da *Coleção Condessa de Ségur*, "Férias", guardei a viagem de Sofia, a menina com o meu nome, que morava no interior da França e passeava com seus primos em Paris, no Jardim das Tulherias. Você falou para mim: "Você ainda está em viagem entre o mundo dos sonhos da infância e o mundo sério dos adultos." Eu adorei seu sorriso meigo!

Partimos de mochila, com poucas roupas e muitos sonhos na cabeça. Pesquisamos o endereço desse passeio: Place de la Concorde, Paris, ao lado do Museu do Louvre. Essa viagem foi como uma chuva promissora para nós, meu amor! Trazia o frescor de uma primavera para nossos corações apaixonados. Emocionados, nos beijamos, descolados da realidade. Já não interessava se eram as diabruras de Sofia que passava férias em Paris. Na verdade, era nosso amor se consolidando!

Você se lembra? Pertinho do meu ouvido, você sussurrou o tanto que se sentia bem ao meu lado. E que eu era a mulher da sua vida! Sua confissão me faz feliz até hoje. Eram os anos 70!

Continuo te amando, cada vez mais! Você me traz luz, sua lembrança me dá força!

Para sempre sua,

Sofia

Carta Poética - Despedida (5 Atos)

Perdão!

Neusa Amaral

À Minha Menina

Agosto de 2022. Aqui em Osasco: segunda cidade do Estado de SP e oitava do Brasil em PIB.
Com aproximadamente um milhão de habitantes;
Neste dia ensolarado, paro e reflito.

Perdoe-me, Minha Menina, por levá-la ao Norte do País, em busca de um sonho de infância.
Quantas expectativas! Quanto sofrimento
Em vão!

Perdoe-me, Minha Menina, pela viagem nômade a Charles de Gaulle!
Como pude acreditar que por detrás dela estaria o Príncipe Encantado de Infância?
Como poderia imaginar que outro por ele se passasse!?
Perdoe-me por anos após retornar a Paris. Desta vez, ao encontro desse outro: em vão!

Perdoe-me por tantas idas e vindas a Minas!
Por tantos eventos, viagens previamente "combinadas": em vão!

Por aquele inexplicável "jantar" TI:
Nem Freud explica!

Perdoe-me pelas inúmeras viagens ao Rio.
Em especial, àquele Réveillon, que não houve.
Não obstante, o enigmático, fatídico jantar "TI"! Quantos sonhos! Quantos preparativos! Quanta perfeição... Em vão!

Perdoe-me por acreditar em Amor Cometa, que desvia a rota por qualquer vento!
Em especial, no tocante à mensagem não consubstanciada:
De que navego por universos adversos, proibidos!
Quanta dor! Quanta ferida!

Minha Menina!
Façamos desses desencontros, durante uma década,
Cada um a seu tempo, um passaporte seguro,
À nossa felicidade futura (!?)
Confie em mim: hei de por fim
Nesta involuntária procrastinação!
Abracemo-nos, já que nada mais nos resta,
Senão uma à outra!

Perdoem-me, Amigos,
Por não ter sido a pessoa perfeita
Que vocês esperavam!
Perdoemo-nos!

Abraços fraternos!
Neusa

Doutor Pedrinho (SC), 26/10/1985... 16/11/2007

A José e Tercília
(paciência e persistência)

Nilton Bruno Tomelin

Dias de despedida! José (pai de minha mãe) e Tercília (mãe de meu pai) encerraram sua passagem por aqui nestas datas. Naqueles dias, não lhes escrevi, não era preciso. Meu coração tomado pela dor disse-lhes muito e meu silêncio fez chegar a vocês um pedido singelo para que tudo o que vivemos juntos, ao ser tomado pela saudade, pudesse trazer-me imensa felicidade ao me lembrar de vocês. Obrigado por me atender e serem, hoje, minhas companhias constantes.

Nonno (vovô) José! Você foi embora ainda na minha infância, o que não impede que ainda sinta sua doçura, ternura e disponibilidade! De nossas brincadeiras, embora simples, lembro-me muito, mas o que alimenta minha saudade de você é seu olhar atento a mim. Você embarcava pacientemente nas minhas fantasias e as sentia tão concretas quanto eu. Muitos que o conheceram dizem que tenho de você a paciência e a calma. Meus olhos marejam por saber que você fez de nossas brincadeiras uma preciosa lição. Por elas você está em mim.

Nonna (vovó) Tercília! Creio que ninguém me ensinou tanto quanto você sobre persistir. Como você sabia que eu gostava (e gosto) de estudar e passava boa parte do tempo fazendo isso, sempre que nos víamos, me perguntava "Como você está na escola?". E me perguntava isso, eu já na universidade, como quem se importava com o que eu vivia! Isso me desafiava e ainda me faz perseverar! Ainda a ouço perguntando e, em silêncio, lhe dou muitas respostas! E imagino que em boa parte delas lhe causaria aquele seu sorriso doce!

Como não sentir saudades de vocês, queridos! Como não ser feliz se posso dizer que eu e vocês estivemos tão pertinho; que vocês foram (e são) meus nonninhos amados... O pouco de paciência e persistência que carrego vem do *nonno* bonachão e da *nonna* atenta que nunca me faltaram. Um carinhoso abraço, de uma saudade imensa e uma admiração que não sei descrever!

Fiquemos bem...

Nilton

Brasília (DF), 22 de setembro de 2022

Kerginaldo, meu lindo!
Noriete Celi da Silva

Na água com limão que você prepara pra mim antes do café da manhã, experimento o sabor gostoso do seu cuidado. No gesto, o amor é doce.

Na singeleza de me dar uma florzinha daquelas apanhadas no chão do jardim, vejo grandeza de sentimento.

Minha melhor aromaterapia é sentir seu cheiro. Mesmo pelo perfume deixado na roupa pendurada no cabide, sua presença me alegra.

Estar na sua companhia é vivenciar o aconchego da paz. É encontrar tranquilidade mesmo diante de qualquer desafio.

Você brinca comigo dizendo que "eu rio até de fratura exposta". Na verdade, é você que tem o dom de me fazer sorrir.

Com você, posso viver aventuras, realizar sonhos, conquistar objetivos. No seu espírito de liberdade, encontro também cumplicidade.

Já vivemos tantas coisas juntos! Afinal, são mais de trinta anos de vida compartilhada.

Se lhe faltam palavras quando o assunto é amor, as suas atitudes falam por você. Aprendemos a nos amar até nas nossas diferenças.

As meias jogadas em qualquer lugar, as roupas pelo avesso, os óculos perdidos, o rádio ligado, a luz acesa... Detalhes da sua presença.

É tão bom sentir o calor do seu corpo no frio, seu braço estendido me chamando pra perto.

Meu coração se alegra quando você diz pra eu não me preocupar, pois "vamos envelhecer juntos". Sei que é seu jeito de falar que me ama.

Quero continuar rindo das suas histórias e dos seus sonhos inusitados. Continuar levando você pra cama depois do seu habitual cochilo no sofá com a televisão ligada.

Que possamos viver ainda muitas experiências de viagens a dois, mas também cultivar momentos como aquele churrasquinho com cerveja na sexta-feira à noite.

Viver com você é como receber todos os dias um lindo envelope com uma mensagem de amor e um convite pra partilhar a felicidade.

No meu abraço, no meu beijo, no meu sorriso quando te vejo, sinta sempre meu amor.

Só desejo que continuemos nos amando em todos os sentidos e com todos os sentidos.

Com amor,

Noriete

Paris, 5 de maio de 1842

Minha doce Alicia...
Patrícia Maria

Sonho com o dia em que verei brilhar novamente a luz dos seus olhos.

Afastar-me de ti foi como a morte, uma morte mais dolorosa do que, penso, ser a verdadeira, pois esta me mata e me ressuscita todos os dias para morrer de novo sem o seu amor.

A vida me pôs de joelhos frente a este amor e, de joelhos, abri os braços para recebê-lo, mas você me deixou e aqui estou, ainda de joelhos, ainda de braços abertos, sentindo o vazio da vida sem você.

Entender suas razões creio não ser capaz, mas renunciaria a toda e qualquer razão para tê-la de novo em meus braços.

Viver se tornou quase uma obrigação. Levanto, alimento-me, durmo, apenas aguardando que as horas passem e o dia preencha seu espaço no tempo, o mesmo tempo que, confio, trará você de volta para mim.

Ainda posso sentir o seu perfume, ainda posso ver o brilho de cores extraordinárias dos seus olhos.

Tudo de ti ainda está em mim, assim como o meu amor ainda está em ti.

Pietro

Santo André, 25 de agosto de 2022

Querido autor(a) nacional
P. Pagliarin

Como você está? Já conseguiu realizar algum lançamento ou fez parceria com alguma editora? Confesso que eu ainda me sinto perdida nessa jornada. Tudo o que engloba o mercado editorial me preocupa.

Todos os dias me pego olhando para o que escrevi e penso se sou boa o suficiente. Quando olho minhas obras, me questiono se apostar nessa carreira foi a escolha correta e, principalmente, me pergunto o quão longe poderei chegar.

Contudo, mesmo que as minhas inseguranças me afetem em alguns momentos, eu não quero desanimar.

Eu entendo que ser autor nos dias atuais é complicado. Publicar um livro atualmente não é fácil e nem barato. Existem muitas etapas que devemos cumprir no processo editorial e estamos sempre procurando uma forma de trazer aquilo que escrevemos por tantas horas para o leitor.

Imagino que seu caminho até aqui também não tenha sido fácil. Não sei se você já lançou algum livro ou se apenas escreve por hobby. Contudo, acredito do fundo do meu coração que seu esforço e dedicação em algum momento gerarão frutos. Do mesmo modo que acredito no potencial do meu trabalho.

Sempre fui uma pessoa que desiste das coisas por medo de falhar. Alguém que prefere ficar em sua zona de conforto para não se ferir com os espinhos da vida, mas a escrita mudou isso em mim.

Ter a oportunidade de colocar no papel o que eu sinto e passar para as outras pessoas minha opinião sobre determinados assuntos me fez perceber que, de alguma forma, eu tenho uma voz e que ela pode tocar o coração das pessoas. Da mesma forma que os seus textos, em algum momento, vão tocar o coração de alguém. Palavras sempre têm algum significado.

Na literatura encontramos livros alegres, bem como temos obras que vão nos fazer chorar. Alguns textos podem levar você para novos mundos, enquanto outros podem fazer com que reflitamos sobre diversos assuntos importantes. Então, independentemente do que você goste de escrever, eu tenho algo para lhe dizer. Não desista. Não abra mão do seu amor pela escrita.

Sei que o caminho que trilhamos pode ser desafiador e que em muitos momentos pensamos que estamos sozinhos, mas, se olharmos em volta, ao fim do dia veremos que a situação não é bem assim.

Como autores nacionais, devemos apoiar uns aos outros e acreditar que um dia o trabalho que fazemos será valorizado. Apenas unidos conseguiremos mostrar para as pessoas que em nosso país temos autores incríveis e, principalmente, apenas trabalhando juntos, vamos mostrar para as pessoas que escrever também é uma forma de amor. É a nossa paixão.

Espero que minha carta toque seu coração de alguma forma, para que deste modo você nunca pare de escrever. Quero que você siga lutando.

Desejo que juntos trilhemos o caminho das palavras que, quando unidas, transmitem mensagens únicas para quem lê. Palavras que todos os dias me dão força para seguir lutando. Você aceita continuar nesse caminho comigo?

Com carinho, de uma autora nacional como você.

P. Pagliarin

Rio, 10 de maio de 2042

Querida Ana,
Patricia S. Lima

    Se você encontrou esta carta, seu conteúdo soará como um eco. Uma dobra no tempo só possível na Literatura, a arte que você escolheu.
    Trago a você dois alertas.
    A humanidade virou mais um milênio, passou por inúmeras transformações políticas, guerras e doenças. Trouxe a revolução industrial e tecnológica e foi até o espaço sideral. Mas ainda há recorrentes debates sobre as desigualdades sociais, sobre a obviedade desconcertante das diferenças raciais, assédio, abusos, intolerâncias. Se autores em pleno século XXI ainda escrevem sobre tais atrocidades é porque esta civilização, que se considera tão evoluída, ainda tem muito que evoluir. Em narrativas sofridas, trazem lirismo e esperança aos olhos do leitor, pois é esse também o papel de um escritor: mostrar o lado mau com os olhos do bem.
    Temos agido como se nunca fossemos conhecer a velhice. Queremos oceanos e florestas limpos e protegidos, mas colocamos nossos animais domésticos para doação ou os abandonamos porque nos cansamos deles. Somos contra a

intolerância, mas julgamos com deboche a religião do vizinho; somos a favor da diversidade, mas preferimos não ter uma "pessoa diferente" na família. Tudo que dá trabalho tem gerado rápido desinteresse neste mundo apressado. Muita pressa para chegar a lugar nenhum. Basta replicar uma mensagem para se dizer ativista ou revolucionário, reproduzindo o autoritarismo que tanto se quer repelir.

Perigoso é que pessoas têm se tornado alienadas por opção. Tentam reescrever a História, reinventar a Ciência, redefinir o que é imutável. A Literatura tem nos lembrado de prestar atenção no que está acontecendo, o que já aconteceu e o que se repete. Que o passado talvez não esteja tão longe; que muito do que se vive não é parte do passado, mas de um presente contínuo, pois nunca ficou de fato para trás.

Nunca pare de ler. Escreva sempre.

Está na sua geração a mudança que a minha não testemunhou.

Sua avó que te ama em qualquer tempo,

Celeste

rio de janeiro, 12 de setembro de 2020

Oi, pingusim,
Patrick Tavares

    teve um dia que você me ganhou. e você me ganhou de tantas formas que eu não sabia que alguém podia ganhar um outro alguém. eu tava com o meu all star azul nesse dia.
    memórias. esse tênis é isso pra mim. não consegui jogar fora. porque jogá-lo fora seria jogar uma parte de mim que eu não tô pronto. ainda. sete anos já se passaram, mas quem é que tá contando, não é mesmo?
    sete anos. eu acho que cheguei naquela fase do "eu te amo, mas não gosto mais de você". o mais louco é que você nem sabe disso. e nem vai saber. porque você nunca soube o impacto que teve na minha vida. você soube desse impacto por um pequeno tempo, mas o que veio depois... ah, meu ex-alguma-coisa-que-a-gente-nunca-definiu... o que veio depois me empurrou com toda força pra onde eu tô agora.
    um espaço que eu finalmente tô pronto pra te enxergar. e só te enxergar. Porque todo esse tempo, te ver me machucava demais. e isso fazia eu machucar outros caras. porque eu nunca tava ali, né? mas eu tô pronto pra te enxergar como deveria. alguém que seguiu seu caminho, se formou e, nossa,

realizou aquele sonho, né? eu também, alguns. faltam outros. o maior deles? me ver. tá aí outro ensinamento que você nem sabe que passou pra mim. eu hoje me vejo como você me via há sete anos.

    mesmo eu com toda essa mania de agradecer aos outros sem eles saberem, eu sei que esse aqui vai chegar até você. e quando ele chegar e você o ler, espero que ainda sinta o amor que eu sempre terei por você, mas que hoje ocupa um espaço totalmente novo. melhor. um lugar onde ele deveria estar há sete anos.

    lembra daquele dia no parque quando eu conheci os teus amigos? o quão fácil foi eu me sentir acolhido? então, eu tô me sentindo assim de novo. e tem sido tão bom. queria poder te contar isso também.

    pode ser que um dia você volte pra me responder a essa carta. e, talvez, eu não fique pra ver você chegar.

leãozinho

Natal, 14 de junho de 2008

Amado amor!
Poetisa da Caatinga

Olá, meu puro amor! Saudades...

Seu tempo aqui na terra foi breve, passou rápido demais, nos pegou de surpresa e o levou de repente. No entanto, eu nunca te falei do meu amor. Desculpa-me, não fiz por orgulho, nem foi de propósito, simplesmente nas minhas dúvidas adolescentes, não conseguia falar-te como desejava teus beijos, teus abraços e tuas palavras de amor. Sabe, querido, até hoje, depois de tantos anos, não compreendo por que não te falei? Se eu te amava tanto! Mas agora, depois que vivi e vivo outros amores, e após a vida ter me ensinado tantas coisas, resolvi te falar e sei que, onde você estiver, vai receber minha mensagem de amor, amor que nunca findou, "amor eterno", um simples amor da adolescência.

Sabe, meu meigo amor, durante quase toda a minha adolescência, vivi para você e desejava te encontrar em todo lugar por onde eu ia. Você nunca soube desse sentimento, mas meu coração sentia uma reciprocidade vinda de ti, e penso que tu também me amavas. Mas não sei ao certo, apenas sentia esse amor pelo poder do teu olhar. E, nesses momentos, ficava quase paralisada, não tinha nenhuma reação, mas me sentia no paraíso. Como era bom te encontrar cada vez que chegávamos à escola! Pois estudávamos na mesma série e às vezes na mesma turma, portanto, tu não estavas só no meu coração, estavas também ao alcance dos meus olhos. Tua presença era real e isso, para mim, era motivo de júbilo e felicidade.

Hoje, meu inesquecível amor, se pudesse, voltaria no tempo para reviver esses sentimentos e talvez tornasse a repetir os mesmos atos e mais uma vez calaria e disfarçaria meus sentimentos, "coisas de adolescente"... Tu passastes para outra dimensão, mas uma parte de ti continua comigo, porque, pelo amor, estarás eternamente em meu ser.

Beijos e abraços!

Seu amor adolescente

Fátima Alves (Fafá)

São Paulo, 22 de agosto de 2022

Carta a quem devo muito
Regina Campos

Querida mãe!

Eu nunca pensei, nunca me imaginei escrevendo uma carta a você, mesmo porque você sempre esteve por perto. Então para que escrever uma carta se eu poderia lhe falar, lhe contar sobre o meu dia, sobre minhas dúvidas, sobre meus receios? Você me ouvia atentamente e depois me dizia como agir ou como conduzir sem vacilar a descrença que existia em meu coração. Nossa conversa surtia em mim uma vivacidade mágica e me fazia decidir sempre pelo melhor. Você mostrava ser uma ótima conselheira; demonstrava carinho em suas atitudes e sua forma de afagar a todos era única e aconchegante.

Muitas vezes, não precisava de palavras, apenas um abraço seu já acalmava meu coração e me fortalecia. Então, para que serviria uma carta endereçada a você? Mas agora que você habita em outro plano, sinto vontade de lhe escrever sobre minha gratidão por tudo que vivenciamos juntas, das nossas rusgas, do seu apoio ou da sua censura e, principalmente, das nossas risadas, que foram muitas.

Gratidão por você ter sido tão compreensiva com tudo e por ter garra para enfrentar as adversidades da vida, coisas que você me ensinou com maestria. Gratidão por me acolher em seu ventre e fazer de mim uma pessoa feliz.

Gratidão por você ter sido essa mãe tão querida e amada!

De sua filha que a ama, Gina!

Próxima Centauri b, dia 66 do ano 6 PA (pós-apocalipse)

De Eli para Eli
Ricardo Lima

A princípio, parecerá estranha esta carta, mas peço que a leia com mente e coração abertos. Estamos vivendo um apocalipse novamente. E tudo começou na Terra, onde não pude evitar a catástrofe, mas hoje possuo o conhecimento necessário que evitaria o colapso do planeta e a chave é entender os Sete Anjos do Apocalipse cristão. É estranho, eu sei. Somos ateias, mas lembre-se de que pedi mente aberta.

Tudo começou com os sete selos. Repare bem, cada selo possui marcos condizentes com seu presente. O primeiro selo faz uma alusão à conquista mundial, e acompanhado dos próximos, tudo ficará mais claro. O segundo é a guerra, depois a fome, o martírio de defensores da paz, perturbações cósmicas e então os sete anjos.

Quando o primeiro anjo tocou sua trombeta, uma chuva de fogo e sangue caiu do céu na Terra e dizimou parte da vida animal e vegetal. Trata-se de um asteroide que neste momento vocês conhecem e o denominaram de Flora. O segundo anjo foi um vulcão em erupção, que causou um tsunami devastador. O terceiro trata-se de um meteorito tóxico, contendo materiais orgânicos não identificados, envenenando grande parte da água disponível no planeta. Em seguida, no quarto, um eclipse de dias se sucedeu, afetando a vida animal e vegetal. Quando veio o quinto anjo, os animais, sem terem comida, migraram para as cidades, devorando tudo que havia a sua frente, coincidindo com o sexto, que tornou impossível respirar o ar do planeta. Então fugimos em naves escondidas pela NASA e ficamos à deriva no espaço, até achar este planeta, o sétimo anjo. Espero que tenha êxito em seu futuro, e que envie esta carta ao seu eu do passado, pois foi assim comigo e poderá ser assim com outras de nós. Mas agora depende de você, e perdão pela tarefa indigesta. É que estamos passando por algo parecido aqui novamente. Se sobrevivermos, orientarei como agir, pois a quantidade de palavras me limita, e será conteúdo de uma nova carta apócrifa.

Esperançosa, Eli do futuro

Moçambique, 7 de agosto de 2022

Queridas filhas
Scarlett, Emma, Mia e Olivia
Rita Lopes

Estamos bem. Seu pai e eu aproveitamos um momento raro de descanso para colocar no papel algo já tão esquecido diante da tecnologia, como é a dor da saudade. Temos saudades de cada expressão dramática da nossa atriz famosa, das cenas de ciúmes tão bem elaboradas da nossa advogada sagaz, dos gritos de euforia quando nossa *gamer* voraz atinge o inimigo e das palavras sábias e eficazes da nossa terapeuta de almas.

Aqui vemos o quanto vocês são privilegiadas. Conseguimos dar educação, estudo, alimentação e principalmente amor incondicional. Se vocês vissem como cuidamos das pessoas aqui, entenderiam o imenso valor de cada coisa citada. Mesmo que eles tenham amor e força de vontade, e digo, garra eles têm, não há uma refeição diária completa. Quem consegue seguir em frente com fome e sem dignidade?

Matamos um leão por dia, o que nos faz heróis. Salvar uma vida em meio ao caos nos faz sentir vivos, seres humanos ativos e coerentes com o que prometemos, dedicar a vida ao serviço da humanidade, seja qual lugar for.

Temos a certeza de que vocês estão felizes, que cada uma encontrou seu caminho e alguém especial para ajudar a trilhar os passos juntos.

George diz que não vê a hora de estar junto de suas filhas, mas peço mais um pouquinho de paciência, papai e eu estamos servindo de instrumento para muitas crianças que, diferentemente de vocês, não tiveram a mesma sorte. Quando a saudade apertar, leiam esta carta e tenham em mente que a distância é passageira e que o amor que sentimos por vocês, o nosso quarteto Cooper, é o combustível que nos impulsiona a irmos além.

Papai George e mamãe Alice Cooper

Médicos sem Fronteiras

Jacuecanga, Angra dos Reis, 4 de setembro de 2022

Vó

Roberta Ferreira

A senhora se foi sem que eu pudesse pedir perdão. Perdão pelas vezes em que a vi chorar por coisas que hoje eu entendo... Perdão pelas vezes em que as suas lágrimas foram causadas por palavras e ações que eu não compreendia. Perdão por não entender a importância de fazer as suas vontades. Perdão por não estar ao seu lado, segurando a sua mão nos momentos em que mais precisou.

Lembro-me com carinho e saudade das nossas conversas, das nossas risadas e de todos os seus ensinamentos. Lembro-me do seu último sorriso, da nossa última oração juntas, daquele adeus que, até então, era só um até breve...

Lembro de ter ido buscá-la naquela tarde, no hospital. O dia estava diferente, havia pessoas na entrada esperando seus amados para também levá-los para suas casas. Eram olhares de esperança, de amor, de ternura e de medo também, pois nunca estamos preparados para dizer adeus. Eu não estava. Assim como aqueles que estavam lá comigo, nós não estávamos preparados para a despedida.

Todos estavam esperando por seus abraços, sua alegria, seu olhar e até aquelas broncas. Todos esperavam por mais dias de: "Vó, sai dessa chuva! Não é hora de capinar!", "Vó, a senhora não tem mais idade para subir em árvore!", "Vó, a senhora só apronta!", "Tervina, Tervina, não faz isso..." e tantas outras frases para as quais você respondia "Eu tenho é 90 anos, não é 9, não". Ainda ouço o som da sua voz...

Posso sentir em meus dedos a suavidade dos seus cabelos brancos, o toque de suas mãos, seu perfume e o som das suas gargalhadas. Você me ensinou a valorizar a vida em todas as suas expressões. Com sua simplicidade, me ensinou a olhar o mundo com olhos de amor, respeito e gratidão.

Sou grata por tudo o que vivemos juntas, mas sinto falta de não ter dito mais vezes o quanto você era importante para mim. Sei que eu já disse muitas vezes esta frase, mas quero que fique registrado nestas linhas: eu te amo!

De sua neta,

Roberta Ferreira

Caldas Novas, 23 de agosto de 2022

Querido amiguinho e amiguinha
Rossidê Rodrigues Machado

Um dia não estarei mais trilhando este chão, pisando neste solo, ocupando meu lugar. Apesar do tempo, da distância, minha aspiração é que meus sucessores expressem meu riso, minhas emoções, o mesmo brilho de meu olhar, ao lerem minhas obras, contemplarem e admirarem o mesmo cenário, a mesma paisagem que também um dia tanto encanto, tanta beleza e alento me proporcionaram.

Eu partirei, mas ficará este rincão que por um momento foi meu, e meu desejo é que nunca esteja infértil, solitário, um deserto, mas pulsando latente, cheio de cores e de férteis sementes. Assim estou vivendo, inalando o perfume das flores, dos frutos, deliciando-me com seus doces sabores. Sou feliz junto com esta dádiva que hoje me pertence e que, no futuro, será de quem por aqui vier dar um alô!

Os anos se vão. Com eles, também eu. Um dia estarei presente apenas na página virtual; no papel, nas palavras que escrevi; meus sentimentos, minha inspiração, nos versos que nos livros publiquei. Minha emoção eternizada, a qual, com certeza, sensibilizará muitos corações. Minha mensagem poética falará por mim, não importará o tempo. O futuro é eterno e me levará para onde for.

Eu me imagino no amanhã, a centenas, milhares de anos! Sempre a passos largos para o futuro. No arquivo, nas páginas: minhas pegadas literárias; sinal de que estou indo, nunca irei parar. Num momento meu corpo dissipará, mas minha alma desperta, radiante, uma estrela; eu, eterna em minha intuição, em meu estímulo, em minhas obras publicadas, não importa o tempo, o milênio que vier.

Eu, às próximas, às vindouras gerações, redijo esta carta: estou presente e saltando para o futuro ao encontro de vocês! Bem, viva, animada, em minhas inspirações, em meus livros publicados, perpetuada.

Meu afetuoso cumprimento. Sempre!

Rossidê

Porto Feliz (SP), 25 de junho de 2021

Minha criança,

Simone Aparecida Ribeiro da Mota Almeida

 Nesses dias em que a calmaria deu lugar à tempestade, lembrei-me de você. Olhando o calendário, presumi que estaria completando 30 anos de idade. Eu te desejei tanto! Desde menina, meu maior sonho era ter muitos filhos.
 Naquele mês de novembro de 1990, quando me dei conta de que você habitava meu ventre, senti uma inefável alegria. Após sair do consultório médico, voltei para casa alardeando para todos que você estava a caminho e amenizaria a dor do luto que vivíamos. Então, abri a gaveta da cômoda que guardava seu enxoval e abracei o casaquinho azul que tricotei para você.
 Mas a alegria, efêmera, deu lugar às lágrimas quando senti uma forte dor no meu ventre. Minutos depois, o vermelho do sangue que corria das minhas entranhas anunciava sua partida.
 Nunca senti um vazio tão imenso, como no crepúsculo do sábado em que deixei o hospital sem você! Sem te conhecer, sem saber se era um menino, como minha intuição previa, ou uma linda menina.

Doravante, minha criança, o desejo de trazê-la de volta transformou-se em loucura e obsessão. Eu sonhava com você novamente em mim e por muitos anos lutei com todas as minhas forças, mas tudo foi uma quimera.

Só então eu compreendi que você esteve comigo apenas naqueles dias difíceis para me ajudar a enfrentar a dor da partida do seu avô e, quando tudo passou, também precisou partir, pois não pertencia a este mundo.

Hoje bateu a nostalgia, mas estou bem! Sua prima é um bálsamo que ameniza a dor da sua falta. Eu só quero que saiba que, mesmo sem nunca ter tido você nos meus braços, eu te amo muito e sei que um dia nos encontraremos!

Sua mamãe,

Simone

Brasília, 1º de dezembro de 2018

Ao amigo escritor Paulo Dantas
Sônia Carolina

Caro amigo Paulo Dantas, meu irmão em poesia, companheiro de sonhos em noites insones em que contemplamos a Lua no seu caminhar solene junto a miríades de vagalumes, vagabundos percorrendo os espaços da nossa emoção enquanto pela madrugada seguimos, revendo no brilho daquela estrela nossas fantasias, misteriosas recordações a falar de amor e de saudade.

Somos assim como o *Lobo da estepe* (livro de autoria de Paulo Dantas).

Procuramos, e fugimos das nossas lembranças mergulhadas na nossa solidão — a que escolhemos — como companheira dos nossos dias sem sentido, já que não aceitamos a miséria moral que nos cerca e, mendigos de amor e de verdade, seguimos pela vida arrastando sonhos, ideais driblando nossa "sombra", embevecidos pela luz que brilha além da aurora.

Tenho em mãos sua carta, sua apresentação do meu novo livro, imersa na beleza, na delicadeza de suas palavras, me trazendo ao coração a alegria, o consolo, o conforto advindo de sua exata compreensão, pela poesia dos seus sentimentos rompendo o silêncio da folha em branco, gritando emoções e exaltando o amor, sentimento este que nos conforta e aquece os sonhos na trajetória da vida.

Agradeço envolta neste mistério que cerca toda emoção guardada no mais recôndito do coração e que deságua qual ninfa mais pura, aos borbotões em cascatas de luz, ao nos reencontrarmos na presente existência.

Obrigada pelo apoio, poeta amigo!

Sônia Carolina

Mariana, 24 de julho de 2022

Para um homem de palavra, palavras

Sônia Santé

Querido pai,

Diferentemente do senhor, com sua belíssima oratória, precisei escrever estas palavras para proferi-las aqui. Minha narrativa poderia ser sobre o homem íntegro que foi, um excelente esposo, um trabalhador honesto... um homem de fé e ético.

Hoje, meu pai, quero falar como sua filha e, para isso, só acessando minha memória afetiva.

E lá estava eu, no seu colo, experimentando a comida tão gostosa do seu prato. Ah! Posso sentir até o gosto e o tempero do seu cuidado. Seguir de mãos dadas com o senhor, vestida de anjo, na procissão do encontro. Ver sua carinha me corrigindo com o olhar quando eu já havia ganhado e tentava pegar mais um saquinho de amêndoas. Isso me ensinou a seguir no caminho da honestidade.

É, pai, o senhor foi meu melhor contador de histórias. Contou histórias da bananeira, do gambá que morava no forro do telhado, que tantas vezes lhe deu um baile, mesmo que usasse sua melhor cachaça para apanhá-lo.

E uma história especial, a da festa no céu à qual o sapo foi escondido na viola do urubu. O que eu gostava era que, quando ele era jogado do céu, lá embaixo vovó, mãe e todas as minhas tias abriam o lençol que estavam lavando e o sapo caía ali, e de lá para dentro do rio.

Pai, aprendi que para ser anjo é preciso passar por uma transformação e ter equilíbrio da razão e do coração em cada asa. E aí, pai, fiquei pensando... Acho que o senhor não é um anjo, mas está caminhando para ser e com certeza terá a ajuda dos seres alados, pois nesta vida já angariou muito para iniciar seu voo. Então, pai, voe com eles, esses anjos amorosos.

Aqui, paizinho, ficaremos como as lavadeiras da história do sapo... Eu e todos que aqui estão, e precisaremos de um lençol enorme para enxugar as nossas lágrimas. Só sentimos saudades de alguém como o senhor, que deixou marcas indeléveis e significou algo tão singular em nossas vidas. Quero expressar três palavras que me ensinou: eu te amo.

Saudades eternas,

Sua filha, Sônia Santé

Belo Horizonte, 30 de agosto de 2022

Os meus sinos dobram por você
Sônia Santé

Querido Hem,

Tomo a liberdade de chamá-lo assim, pois é a forma que encontrei para expressar o que tenho vontade, mesmo que não seja tudo, pois certamente produziria um manuscrito. Acredito que você, um amante dos vocábulos, sabe o que quero dizer.

Muito do que você já foi também sou hoje e me coloco nesse lugar de apaixonada pelas palavras, tentando me salvar, dando asas à minha imaginação, organizando meu caos e aquietando o silêncio que aos olhos do outro aparenta existir.

Li que você costumava dizer que a vida é repleta de enganos. Pois é, sempre achei que poderia saber mais sobre alguém se lesse os seus escritos, mas isso é um engano, mesmo nas autobiografias. Nós que fazemos jorrar as letras como uma lava dos vulcões ou como o som das harpas angelicais sabemos que é impossível, até para nós, nos conhecer. Sabe, Hem, me encantei ao saber que você foi correspondente de guerra e pescador. Cheguei a pensar que essa era sua paixão e de onde tirava as suas inspirações. Ledo engano...

Sua vida pública ofuscou sua vivência dedicada à sagrada arte de escrever. Sei bem o que é isso... Ah, não me comparo a você, apenas me identifico. Para mim, escrever é fundamental, enquanto tudo mais é secundário. Para alguns, é complexo ter esse entendimento. Eu me acostumei a escutar que estou na caverna e com você posso desabafar, pois compreende o que é abstrair-se para fazer a nossa arte. Não estamos cativos, mas livres, e não nos assustamos com os enganos. Poderia dizer até que temos liberdade, mas é diferente de nos sentirmos livres. Outra coisa, os meus dedos não chegam a doer como os seus, que afundavam sentimentos nas teclas da máquina de escrever. Hoje tenho a dimensão do que vivenciou ao deslizar os meus dedos pelo teclado e visualizar na tela fria sentimentos arrefecidos que saíram do meu ser. Ah, uma última coisa que gostaria de lhe falar, *os meus sinos dobram por você*, Ernest Hemingway.

Carinhosamente,

Sônia Santé

Rio de Janeiro, 26 de agosto de 2022

Querido Sinthoma,
Tamyris Torres

Sim, com "h", do sinto-mal lacaniano, apertado no peito de uma Psicanalista que não deixou o mal-estar dilacerar seu desejo. Desejo este de se tornar Escritora. Por muito tempo, caro Sinthoma, você esteve no comando da minha vida, me trazendo dores absurdas no punho, no polegar e em minhas costas. Eram tantos sentidos angustiantes e histéricos que só foi possível transformar em análise e, claro, com muito pilates e fisioterapia.

Mas que a justiça seja feita! O senhor não se apossou desta casa aqui sozinho. Desde criança algo fez falta. Meu vazio existencial que nunca cessará de existir, pois sem ele não há desejo de desejar, me fez deixar a porta aberta e hoje lhe convido para um chá. Já que vamos conviver por um bom tempo juntos, que seja em paz.

Não que eu lhe deseje mal, Sinthoma. Mas não faz bem para meu eu escritora me deixar levar por você e as suas artimanhas, peças pregadas ou autossabotagem anunciada de novo. Já que fui eu que o produzi, eu também posso te anular de anular a minha vida. Foi assim com o Jornalismo, quis fazer pela metade as coisas por aqui, em casa. Na ânsia de escrever histórias, preferi as dos outros à minha. Jornalista eu sou, com muito orgulho! E Escritora também, com "E" maiúsculo.

Se sou eu o prazer e a realidade em meu corpo, escolho ser os dois sem que entrem em competição. Eu aceitei minha ex-sistência, falo, pois, que ela é quem me dá cor, luz, espírito e bem-aventurança. Como boa libriana, equilibrada e desequilibrando na errância.

Sempre atenta,

Tamyris Torres

São Paulo, 21 de agosto de 2022

Meu velhinho,
Tereza Cristina

Mês que vem serão seis anos sem sua presença física neste plano, e tem dias que sua partida parece que jamais ocorreu, que o senhor ainda está lá em Santana, ao lado da vovó, sentado na varanda de casa contemplando mais um dia quente no Norte. Sinto sua falta, vô, e ainda é difícil pra mim lhe dizer adeus, pois todas as vezes que tentei, fui impedida pelas lágrimas que me consumiram por horas, por isso me perdoe se só agora tomei coragem para nossa despedida.

Sabe, às vezes me pego cantando a música do Roberto Carlos que cantamos na comemoração dos seus 50 anos de casados, e sempre fico rindo porque a única parte que lembro é "mas com palavras não sei dizer, como é grande o meu amor por você...". E ainda bem que sou uma boa escritora, porque se fosse cantora passaria fome, certamente. Acho que ouço sua gargalhada daqui, é bem típico do senhor, aquela alegria inabalável com a qual cresci admirando. Tivemos tantas histórias boas, coisas que aprendi ao seu lado, mesmo quando pareciam bem perigosas ou travessas, e jamais vou esquecer que foi o senhor o maior incentivador de minhas histórias.

E aqui estou, há cinco anos em São Paulo, carregando comigo todos os seus ensinamentos e fazendo o meu lema de vida as suas palavras mais incentivadoras que cresci ouvindo: "Quem não luta por seus sonhos, não é digno de tê-los". E essa pequena parte de minha vida, destas pequenas conquistas como escritora, eu devo ao senhor, pois de alguma forma sempre soube que as palavras faziam parte de mim.

Por isso, obrigada por ter sido mais que meu avô e pai, mas meu melhor amigo e o homem da minha vida. E, se puder, não deixe o Davi sozinho, e nem conte a ele a história do 48. Acho que meu irmão e minha cunhada não ficariam felizes, mas como a tia incomum que sou, prometo escrever outra carta contando sobre as aventuras do bisavô dele, Hênio Henrique Lima.

Descanse em paz. Te amarei para sempre. Sua neta,

Tereza Cristina

Roma (Itália), 15 de junho de 2022

Meus amados filhos e netas,

Terezinha Lorenzon

Hoje, com quase sete décadas de vivência, estou realizando meu sonho, porque ousei querer.

Estudei, trabalhei, fiquei longo tempo cuidando de vocês, com muito amor e bem querer.

Nunca desisti, nem me revoltei. Quando não pude, apenas adiei, nunca deixei de pretender.

A vida foi generosa comigo, me deu uma família abençoada, linda. Primeiro o João, e juntos recebemos as maiores bençãos, Dani, Grazi, João Vítor, que alegraram nosso viver.

Depois vieram as netas: Mari, Malu, Laura, joias preciosas que iluminam nosso viver.

A todos vocês, agradeço por me ensinarem a conviver.

Minha família plantou amor, frutos de alegria, fraternidade, pude colher.

Espero do fundo do meu coração ter semeado em seus corações coisas boas que possam pra sempre permanecer.

Deixo ainda uma sugestão: não deixem de sonhar, tenham dentro de vocês o desejo, batalhem, lutem, nunca deixem de crer.

Tenho certeza, irão realizar os seus sonhos, mais cedo do que eu consegui, e estarei aqui para ver.

Beijos

Terezinha Lorenzon

Lajes (RN), 28 de agosto de 2022

À Irmã que não conheci
Veridiana Avelino

Sei que vives com os anjos. Eras um quando partiste. Sua vida conosco foi breve, ainda assim, sentimos sua falta. Aprouve a Deus lhe recolher quando ainda aprendias a palavra "mamãe", mas a lacuna que deixaste em nossa família permaneceu. Com muito amor e saudades, nossos pais sempre falavam em você.

Não a conheci. Mamãe dizia que seus cabelos e olhos eram escuros, vivos. Que eras uma criança feliz e que recordava o quanto você ficava linda num vestidinho vermelho com flores miúdas. Ela falava pouco. A dor de perder alguém que amamos nunca cessa, só se esconde e, quando lembramos, o coração sangra, escorre pelos olhos.

Mamãe a amava demais. Lutou bravamente por sua vida: quando adoeceste, ela viajou sozinha com você no colo num desses ônibus que percorre o interior do Nordeste, parando em cada cidade. Aflita lhe via agonizando, vítima de uma pneumonia enquanto ansiosa esperava chegar logo em Natal para buscar ajuda em um hospital maior, mesmo sem conhecer nada ou ninguém.

Infelizmente, você não resistiu. Numa cidade chamada Santa Maria (a mãe das mães) você deu seu último suspiro. Ela embalou seu corpinho sem vida, protegendo-a, rodeada de estranhos alheios a tanta dor, sem ajuda, sem uma palavra amiga. Penso que, de alguma forma, você a consolou com seu rosto de paz, seu semblante angelical. Naquela cidade, nossa mãe desceu com você no colo, agora, um anjinho. Um dos muitos que o Nordeste germinou.

Foste sepultada com simplicidade. Nossos pais sempre visitavam seu túmulo, que tinha uma cruz pequena e branca com suas iniciais, data de nascimento e morte.

Hoje penso em como você seria, quais seriam suas músicas prediletas, suas preferências, profissão, se teria casado ou sido mãe... Do fundo do coração eu gostaria de tê-la conhecido, de termos brincado, dividido coisas, discutido também, como fazem as irmãs.

Você fez parte de nós e alegrou nossos pais. Sinto sua ausência em minha vida, na minha criação. Não sei se algum dia nos encontraremos. Ensinam-nos que sim e vivo com essa esperança. Saiba que jamais serás esquecida.

Um abraço carinhoso,

Veridiana Avelino

Gramado, 23 de janeiro de 2025

Um amor impossível
Wendel Silva

    Escrevo esta carta como um desabafo. Os últimos dias não têm sido fáceis para eu poder trabalhar. Sinto um vazio em meu peito, como se um pedaço dele estivesse faltando, talvez até mesmo meu próprio coração tenha se perdido em meio ao tempo. Mas não é por menos. Às vezes ainda me pego pensando nela, meu grande amor. E por mais que eu saiba o quão distante ela está, ainda pude vê-la em meus pensamentos e sonhos todas as noites da última semana, e provavelmente continuarei vendo pelas próximas que virão... Sem dúvida, a garota dos olhos mais lindos que já vi.

    Devo ter lhe contado uns milhares de vezes sobre como nos conhecemos e como implorei a Deus na noite anterior para me enviar a garota mais perfeita que eu pudesse encontrar. Sei que pode parecer brega, mas, apesar das diferenças, ainda nos completamos de uma maneira peculiar e singela. Só não sei se ela consegue ver e sentir a mesma coisa... Talvez consiga em seu mais íntimo interior, que ela se recusa a olhar pelos mesmos motivos que eu me recuso a assumir tais sentimentos ao mundo.

Tanto tempo se passou. Tempos que talvez jamais possam ser mudados, mas são tempos que eu precisei para aprender... Não há ninguém como ela, ninguém como nós. Estamos no mesmo mundo, vivendo vidas diferentes, experiências que nunca saberemos explicar um ao outro. Vivemos em um mundo que talvez jamais possamos ficar juntos, e devo assumir que isso me entristece profundamente.

Peço desculpas por incomodá-lo com isso, mas eu precisava. É meu desabafo para com você, de um simples velho que ainda sonha com um amor que jamais pôde ter.

Do seu amigo e irmão,

Jonas

Minas Gerais, 24 de agosto de 2022

Bilhete secreto
para um menino/homem ferido

Zanir

E olha, você aí, envolvido em se livrar de suas experiências e mutilações de dor de sua infância.

E essa dor anacrônica e fugaz tentando se curar, na sua vida adulta.

Por onde anda?

Caminhando com seu mais íntimo medo, cansado, jogado pelos cantos e deixado fora do mundo (seu mundo...).

Onde foi parar seu sorriso (riso) tentando se esconder de tudo!?

Suas decepções, seu choro maquiado, tentando ser autossuficiente com sua raiva...

Então, hoje, nesse dia, vou escancarar sua vida.

Mergulhe fundo no seu EU mais alargado, vou lhe mostrar o que seria melhor, como absorver e abortar o que aprendeu e o que gostaria de ter aprendido.

Não precisa se trancar mais.

ESTOU AQUI.

De cara com você e suas emoções, interrogações e porquês.

Olhe profundamente em meus olhos, meu interior, onde a linha tênue do prazer se encontra.

Diga-me, mesmo que seja em choro e lágrimas, o que você é agora?

Eu serei o meu melhor para você.

BEM-VINDO EM MIM.

Abraços e até breve,

Gilmar

> Escrevo-vos uma longa carta
> porque não tenho tempo de a escrever breve.
>
> *Voltaire*

*Cada um de nós tem uma história para contar.
Todas merecem virar um livro.*